BABETTE PRIBBENOW

REITINTERNAT BLOSSOM HILL

STÜRMISCHER START

Babette Pribbenow

Reitinternat Blossom Hill

Stürmischer Start

KOSMOS

Für Carlotta

Umschlaggestaltung: Carolin Liepins, München
unter Verwendung von Illustrationen von Anike Hage

Unser gesamtes lieferbares Programm und viele
weitere Informationen zu unseren Büchern,
Spielen, Experimentierkästen, Autoren und
Aktivitäten findest du unter **kosmos.de**

MIX
Papier aus verantwortungsvollen Quellen
FSC® C083411
FSC www.fsc.org

ISBN 978-3-440-16356-6
Redaktion: Teresa Baethmann, Stefanie Kern
Lektorat: Sandra Margineanu
Produktion: Verena Schmynec
Grundlayout: Carolin Liepins, München
Satz: DOPPELPUNKT, Stuttgart
Druck und Bindung: CPI books GmbH, Leck
Printed in Germany / Imprimé en Allemagne

BLOSSOM HILL

Blossom Hill war ein Pferdeparadies. Im Sommer leuchtete das Gras auf den weitläufigen Weiden saftig grün und große Kirschbäume spendeten an heißen Tagen wunderbar kühlen Schatten. Im Frühling erstrahlten diese Kirschbäume in weißer Blütenpracht. Sie hatten der sanften Hügellandschaft in der Grafschaft Oxfordshire ihren Namen gegeben.

Blossom Hill war ein renommiertes Internat für Kinder und Jugendliche, deren Eltern sich die hohen Schulgebühren leisten konnten. Und für solche, die so gut ritten und so gut in der Schule waren, dass sie ein Stipendium bekamen. Diese Stipendien waren über alle Maßen begehrt und wer eines von den wenigen Stipendien ergattern konnte, hatte wirklich das große Los gezogen. Das Reitinternat war auf jeden Fall der perfekte Ort für alle, die Pferde liebten. Die Schülerinnen und Schüler waren in einem ehemaligen Schloss untergebracht, ein großes, in sanftem Gelb gestrichenes Gebäude mit weiß abgesetzten

Erkern und Türmchen. Auf der Vorderseite führte eine breite Pappelallee bis zum imposanten Haupteingang. Auf der Rückseite befand sich eine große Terrasse. An schönen Tagen konnten dort die Mahlzeiten eingenommen werden. Das Beste daran war, dass man von dort aus einen direkten Blick auf die Stallungen und einen Teil der Weiden von Blossom Hill hatte. So konnten die Schüler mit etwas Glück ihre Lieblinge schon während des Essens sehen.

Der Unterricht fand in einem Anbau mit modernen Klassenzimmern und naturwissenschaftlichen Fachräumen statt.

Die Reitpferde von Blossom Hill hatten geräumige Boxen mit einem Paddock davor, den sich jeweils zwei Pferde teilten. Im Sommer ging es außerdem jeden Tag für einige Stunden nach draußen auf eine saftige Weide und im Winter zum Austoben auf einen großen Paddock. Die Zuchtstuten mit den Fohlen standen vom Frühjahr bis zum Herbst draußen, das war der beste Ausgangspunkt für den wertvollen Pferdenachwuchs.

Die Reitanlagen des Internats waren legendär. Es gab nicht nur eine weiträumige Halle, sondern gleich zwei. Eine zum Dressurreiten und die andere zum Springen, wenn es bei schlechtem Wetter draußen nicht möglich war. Außerdem gab es mehrere Reitplätze für Dressur, Springen, Voltigieren und für Turniere. Blossom Hill war nämlich kein bloßes Reitinternat, sondern auch ein Austragungsort für Reitturniere von nationaler Bedeutung. So war es kein Wunder, dass die meisten reitbegeisterten Mädchen und Jungen von einem Internatsaufenthalt auf Blossom Hill träumten. Nicht nur, weil hier viele erfolgreiche Reitkarrieren des Landes ihren Anfang genommen hatten, sondern auch, weil die Pferde und das Zusammenleben mit ihnen im Mittelpunkt standen. Es wurde sehr viel Wert darauf gelegt, dass die Schüler sowohl eine gute Reitausbildung genossen, als auch den richtigen Umgang mit Pferden lernten. Respekt vor dem ihnen anvertrauten Tier und der gute Umgang mit ihm wurden auf Blossom Hill großgeschrieben.

An einem strahlenden Sommertag Ende August war es wieder so weit: Das Internat hatte sich besonders herausgeputzt, um seine neuen Schülerinnen und Schüler zu begrüßen.

BALD GEHT ES LOS!

Rosalie stand vor dem Spiegel und bewunderte ihre neue Reituniform. Sie drehte sich von links nach rechts, lugte abwechselnd über ihre Schultern, um einen Blick auf ihre Rückseite zu erhaschen, schwang die neue Gerte und strahlte über das ganze Gesicht. Aus dem Spiegel strahlten zwei tiefblaue Augen zurück und die blonden, langen Haare wippten bei jeder Bewegung. Rosalie war sehr zufrieden mit ihrem Aussehen. Die Reituniform von Blossom Hill war wirklich chic und saß wie angegossen. Alles in Creme und Dunkelblau: helle Reithose und -bluse, dazu ein blaues Reitjackett mit Goldknöpfen und dem Wappen von Blossom Hill und sogar dunkelblaue Lederstiefel! So etwas Vornehmes hatte sie noch nie getragen.

Ihre Schwester Annabelle sah weniger glücklich aus: Sie saß auf dem kleinen Sofa in Rosalies Zimmer und weinte.

„Das ist sooo ungerecht“, schniefte sie. „Warum darfst du nach Blossom Hill und ich nicht?“

Endlich drehte sich Rosalie vom Spiegel weg und ging zu ihr, um sie zu trösten. Sie liebte ihre drei Jahre jüngere Schwester von ganzem Herzen und es tat ihr leid, dass sie so traurig war.

„Ach, komm mal her, meine Süße", sagte Rosalie und nahm Annabelle in den Arm. „Du bist doch noch viel zu jung für Blossom Hill. Da gehen nur ältere Schüler hin und du bist noch in der Grundschule."

„Ich will aber! Ohne dich wird es ganz blöd hier."

Rosalie seufzte – für ihre zwölf Jahre war sie schon ziemlich reif. Und oft musste sie die Verantwortung für ihre kleine Schwester übernehmen, aber heute wollte sie sich einfach nur freuen. Natürlich hatte Annabelle Angst davor, wie es ohne Rosalie werden würde. Morgen ging es schon los. Dann war sie eine Internatsschülerin von Blossom Hill. Rosalie konnte ihr Glück immer noch nicht fassen, dass sie tatsächlich eines der begehrten Stipendien bekommen hatte. Einen umfangreichen Aufnahmetest hatte sie dafür machen müssen, alles war geprüft worden: Wie gut sie reiten konnte, ihre Schulnoten der letzten zwei Jahre und welche Erfolge sie bisher bei Turnieren erzielt hatte.

Ihre Gedanken wurden vom Öffnen der Wohnungstür unterbrochen. Gott sei Dank, Mama kam nach Hause! Das würde Annabelle hoffentlich ablenken.

Ihre Mutter kam in Rosalies Zimmer und blieb staunend an der Tür stehen.

„Meine Güte, Rosa, siehst du toll aus und schon ganz erwachsen!" Stolz schaute Julia Bennett ihre Tochter an. Rosalie, die von allen Rosa genannt wurde, strahlte zurück. Rosa wusste, dass es ihrer Mutter leidtat, dass sie so wenig Zeit für sie und Annabelle hatte. Sie war alleinerziehend und musste den ganzen Tag arbeiten. Dass Rosa trotzdem so gute Noten hatte und sich um ihre kleine Schwester kümmerte, machte ihre Mutter froh, das hatte sie schon oft zu ihr gesagt.

Annabelle heulte indessen immer verzweifelter. Die Mutter löste ihre jüngere Tochter aus Rosas Armen.

„Komm, Annabelle, sei nicht traurig, Rosa möchte sich doch einfach nur freuen und das kann sie nicht, wenn du so weinst. Ich habe außerdem eine Überraschung für dich. Ich erzähle dir beim Abendessen davon."

Tatsächlich hörte Annabelle auf zu weinen. Die beiden Mädchen deckten den Küchentisch und Rosa wurde ein bisschen wehmütig ums Herz. Die gemeinsamen Mahlzeiten würden ihr fehlen und überhaupt ihre Mutter und ihre Schwester, die sie erst in den Herbstferien wiedersehen konnte. Wie es wohl im Reitinternat werden würde? Ob die anderen Schüler nett waren? Besonders gespannt war sie auf ihre Zimmergenossin. Woher die wohl kam? Und würde sie mit den Pferden überhaupt zurechtkommen? Solche Gedanken plagten sie oft. So selbstbewusst, wie sie sich nach außen gab, war sie nämlich gar nicht. Und seit sie von dem Stipendium erfahren hatte, überkam sie immer wieder große Nervosität. Aber jetzt wischte sie diese Gedanken beiseite. Ab morgen würde sie in einem berühmten Reitinternat leben und von früh bis spät Pferde um sich haben, was konnte es eigentlich Schöneres geben?

ICH GEHE NICHT!

„Neiiin! Ich geh da nicht hin. Vergiss es!“ Carmen Samantha Rodrigues spie diese Worte ihrem Vater förmlich vor die Füße. Ihre dunklen braunen Augen blitzten zornig, glänzten aber auch etwas feucht vor unterdrückten Tränen. Sie drehte sich um und rannte aus dem Zimmer. Ihre langen, rotbraunen Haare flogen hinter ihr her, als sie die Tür mit solcher Wucht zuknallte, dass die teure Schale auf der Kommode wackelte. Eine Weile war noch das wütende Klacken ihrer Schuhe auf dem Marmorboden zu hören, während sie die Treppenstufen hinunterrannte. Dann gab es einen letzten Knall, als die Tür zum Garten zuschlug. In der darauffolgenden Stille klang das Zwitschern der Vögel im Park lauter als zuvor.

Ihr Vater seufzte tief und fuhr sich durch das dichte, graue Haar, das früher pechschwarz gewesen war. Als seine Frau einen Tag nach der Geburt ihrer gemeinsamen Tochter im Krankenhaus verstorben war, war er über Nacht ergraut.

Carmen hatte das Temperament ihrer Mutter geerbt und ebenso ihre Schönheit. Aber ihr Vater hatte es nicht leicht mit Carmen und ihre Reaktion war zu erwarten gewesen. Carlos Rodrigues war ein viel beschäftigter Mann, seine Arbeit ließ ihm nicht genug Zeit, um sich ausreichend um Carmen zu kümmern. Sie gerieten oft aneinander.

Carlos atmete tief durch und machte sich auf den Weg in den Garten, um seine Tochter zu suchen. Er fand sie an ihrem Lieblingsplatz, einem mit Rosen überwachsenen Pavillon.

Carmen sah ihn mit zusammengekniffenen Lippen an, die Augen zu wütenden Schlitzen verengt. Er setzte sich zu ihr.

„Ach, Carmen, ich verstehe dich ja, du möchtest hier nicht weg. Aber es geht einfach nicht anders. Ich bin versetzt worden und werde die nächsten Jahre in Südamerika im diplomatischen Auslandsdienst arbeiten. Ich kann dich weder dorthin mitnehmen, noch kann ich dich hier allein lassen."

„Warum denn nicht? Warum kann ich nicht mitkommen?" In Carmens Stimme mischten sich Wut und Verzweiflung.

„Das haben wir doch schon besprochen", erwiderte ihr Vater geduldig. „Ich werde viel unterwegs sein. Wenn du mich begleiten würdest, dann müssten deine Pferde aber hier in England bleiben. Und ich kann mir beim besten Willen nicht vorstellen, dass du ohne sie irgendwo glücklich wärst."

Carmen zuckte zusammen, das stimmte allerdings. Ohne Ghazal und Adora würde sie nirgendwo hingehen.

„Dann bleibe ich einfach hier! Ich habe doch Maria, sie kann sich um mich kümmern."

„Auch das haben wir bereits durchdiskutiert, Carmen! Warum machst du es so kompliziert? Du kannst nicht hierbleiben. Blossom Hill ist der perfekte Ort für dich und du darfst sogar deine beiden Pferde mitnehmen."

„Ich will aber nicht in dieses beschissene Internat gehen!" Carmens Augen glühten schon wieder vor Wut.

„Deine Wortwahl lässt sehr zu wünschen übrig. Es wird Zeit, dass sich endlich jemand um deine Erziehung kümmert."

„Du bist ja nie da, um dich zu kümmern, und jetzt gehst du auch noch ganz weg!"

„Ich gehe nicht ‚ganz weg', sondern ich bin versetzt worden, und das kann ich nicht ändern, das weißt du ganz genau. Dieses ständige Streiten bringt uns nicht weiter. Viele Kinder wären froh, wenn ihre Eltern das teure Schulgeld für ein Internat bezahlen könnten. Blossom Hill hat den besten Ruf und du kannst dort das machen, was du sowieso am liebsten tust, nämlich reiten. Also verstehe ich diese ganze Aufregung nicht. Maria hat deine Sachen zusammengepackt. Morgen früh wird Pablo die Pferde verladen und euch nach Blossom Hill bringen, ob dir das passt oder nicht. Du bist zwölf Jahre alt und wirst dich den Anordnungen deines Vaters fügen müssen."

„Ich will mich aber nicht fügen! Dieses Internat ist bestimmt ganz schrecklich. Dort werden nur eingebildete Ziegen sein, die mit ihren schicken Klamotten angeben. Alle werden mir dort Vorschriften machen, was ich zu tun oder zu lassen habe, und um meine Pferde darf ich mich wahrscheinlich auch nicht selbst kümmern. Ich hasse dich!"

Die Augen ihres Vaters verdunkelten sich. Er drehte sich wortlos um und ging fort. Carmen schienen ihre Worte sofort leidzutun, denn sie blickte beschämt zu Boden. Sie wollte sich ja gar nicht ständig mit ihrem Vater streiten. Aber auf dieses blöde Internat wollte sie auch nicht. Das kam überhaupt nicht infrage! Sie würde sich eben etwas einfallen lassen müssen, wie sie dafür sorgen konnte, dass sie nicht lange in diesem Internat bleiben musste. Ihr Vater würde schon sehen, was er davon hatte, dass er sie einfach so abschob. Ein trotziger Ausdruck trat in ihre Augen.

„Wer weiß, vielleicht werden unerzogene, freche Mädchen ganz schnell wieder nach Hause geschickt?", murmelte sie leise.

ANKUNFT IN BLOSSOM HILL

Rosa fühlte sich wie in einem Traum, als ihre Mutter das Auto die lange Pappelallee bis zum großen Eingangstor von Blossom Hill hochsteuerte. Das Gebäude lag im strahlenden Sonnenschein inmitten von grünen Wiesen und Bäumen, eingebettet in die sanfte Hügellandschaft. Es sah ein bisschen aus wie das Schloss in einem Märchen. Ein großes Banner mit dem Willkommensgruß *WELCOME* hing über dem Eingang. Rosa klopfte das Herz vor Aufregung bis zum Hals.

Ihre Mutter legte beruhigend eine Hand auf Rosas Knie. „Das wird schon alles, Rosa."

Dankbar sah sie ihre Mutter an, die immer sofort spürte, wie es ihr ging.

Vor dem Hauptportal standen mehrere Autos und auch Pferdetransporter. Heute war Ankunftstag, die Sommerferien waren zu Ende und der erste *Term* des neuen Schuljahres begann. Wer ein eigenes Pferd besaß, konnte es nach Blossom Hill mitnehmen. Rosa hatte natürlich kein eigenes Pferd, das war viel zu teuer. Sie war schon ganz gespannt darauf, welche Pferde es hier gab und welche sie reiten würde. Rosa liebte Pferde über alles und konnte Stunden damit zubringen, ein Pferd zu putzen und zu hätscheln. Das war ihr genauso wichtig wie das Reiten selbst – oder vielleicht sogar noch wichtiger.

Ihre Mutter suchte sich eine freie Lücke zum Parken, den Rest würden sie zu Fuß laufen. Die beiden holten den Koffer und die Taschen aus dem Kofferraum und bahnten sich einen Weg zwischen den Eltern und Kindern hindurch bis zum Eingang. Rosas Blick blieb an einer dicken, gemütlich aussehenden Frau hängen, die ein Klemmbrett und einen Stift in der Hand hielt und direkt neben dem großen Hauptportal stand. Die Frau lächelte sie an. „Ich bin Patricia Robinson, deine Hausmutter, und wer bist du?"

Rosa lächelte zurück. „Mein Name ist Rosalie Bennett, aber alle nennen mich Rosa."

„Willkommen, Rosa, ich hoffe, du wirst dich bei uns wohlfühlen. Wenn du Kummer oder Sorgen hast, kannst du jederzeit zu mir kommen. Ich muss mal nachschauen, wer deine Zimmergenossin wird. Ah ja, du bist mit Carmen Rodrigues in einem Raum. Eine der älteren Schülerinnen wird dir dein Zimmer zeigen." Patricia Robinson sah sich suchend um. „Ellie, komm doch mal her und zeig Rosa ihr Zimmer, sie hat die Nummer 25."

Ein älteres Mädchen mit einem freundlichen Grinsen löste sich aus einer Traube von Schülerinnen, die lachend und schnatternd vor dem Haus standen.

„Na, dann komm mal mit. Ich bin Ellie und Jahrgangssprecherin in *Year nine*. Oh, besser gesagt, war Jahrgangssprecherin der Neunten, jetzt bin ich in *Year ten*." Ellie lachte fröhlich vor sich hin, schnappte sich den Koffer, mit dem Rosas Mutter sich abgemüht hatte, und verschwand durch den Eingang.

Rosas Herz krampfte sich nervös zusammen, als sie den ersten Schritt in das Schlossgebäude machte: Jetzt gab es kein Zurück mehr!

Staunend blieben Mutter und Tochter in der beeindruckenden Eingangshalle stehen. Wow, was für eine Halle! Über ihnen wölbte sich eine große, gläserne Kuppel, durch die das Sonnenlicht hereinfiel. Eine breite Treppe wand sich nach oben in die anderen Stockwerke, das Treppengeländer war mit Ranken verziert. An vielen Stellen prangte das goldhinterlegte Wappen von Blossom Hill.

Ellie wartete geduldig, bis die beiden die Pracht bewundert hatten. Alle Menschen, die das erste Mal nach Blossom Hill kamen, staunten so. Dann lief sie weiter und Rosa und ihre Mutter hatten Mühe, ihr zu folgen. Ellie rannte samt dem schweren Koffer die Stufen in den zweiten Stock hoch, bog nach links ab, ging an einer Reihe von Türen vorbei und hielt schließlich vor einer Tür auf der linken Seite.

„Hier ist dein Zimmer. Glück gehabt, du hast Aussicht auf die Ställe. Nachher kann ich dir gerne noch alles zeigen, jetzt muss ich aber unbedingt zu meinen Freundinnen zurück." Mit diesen Worten ließ Ellie den Koffer fallen und war schon wieder verschwunden.

Etwas verdutzt sah Rosa ihr nach. Sie hätte ihr gerne noch ein paar Fragen gestellt, aber nun war Ellie schon wieder weg. Neugierig sah sie sich im Raum um. Ihr Blick blieb am Fenster hängen. Was für eine Aussicht!

„Schau mal, Mama, da sind die Ställe und die Reithallen.“ Rosa öffnete das Fenster und beide beugten sich hinaus. Vor ihnen lag ein großer, rechteckiger Stallkomplex, vorn und hinten mit Paddocks. An den Stirnseiten schlossen sich zwei große Reithallen an. Direkt unter dem Fenster befand sich eine große Terrasse mit Tischen, Stühlen und Sonnenschirmen. Wortfetzen und Gelächter drangen bis nach oben, denn es hatten sich bereits mehrere Schülerinnen und Schüler auf der Terrasse eingefunden, die anscheinend Ferienerlebnisse austauschten.

Rosas Blick schweifte zu den Pferden auf den Paddocks hinüber, hoffentlich konnte sie bald zu ihnen! Sie schaute sich nach ihrer Mutter um, die inzwischen das Zimmer inspizierte. Rosa gefiel der Raum sofort. Rechts und links an der Wand standen jeweils ein großes Bett und ein Schrank, vor den beiden Fenstern je ein Schreibtisch mit Drehstuhl und daneben ein Regal für Bücher. In der Mitte des Zimmers stand noch ein runder Tisch mit zwei Stühlen. Die Wände waren zartblau gestrichen und vor den Fenstern hingen farblich abgestimmte blaue Gardinen mit kleinen Blümchen. Die Betten hatten Überdecken und Kissen mit demselben Muster. Eine Tür führte in ein gemeinsames Badezimmer. Alles war modern und wirkte frisch renoviert.

„Meine Güte“, sagte ihre Mutter, „hier hast du es ja komfortabler als zu Hause!“

Rosa strahlte, das Zimmer war wirklich riesig und trotzdem gemütlich. Und immer wenn sie Hausaufgaben machte, konnte sie die Pferde beobachten. Sie fühlte sich wie im Paradies. Spontan entschied sie sich für die rechte Seite des Raumes. Irgendwie erschien ihr diese noch behaglicher. Schnell half ihre Mutter ihr, den Koffer und die Taschen auszupacken und alles im Schrank und im Regal zu verstauen. Während der Unterrichtszeiten von 9 bis 16 Uhr war die Schuluniform Pflicht. Aber in ihrer Freizeit durfte Rosa ihre eigenen Klamotten tragen. Julia Bennett hängte die eleganten dunkelblauen Blazer mit dem Schullogo auf Bügel und strich sie glatt. Auch bei den passenden Röcken und Hosen achtete sie darauf, dass sie ja keine Falten bekamen.

„So, Mama, jetzt reicht es aber. Ich möchte wissen, ob meine Zimmernachbarin schon da ist. Wollen wir wieder nach draußen gehen?“

Ihre Mutter nickte, sprach aber nicht viel. Rosa merkte, dass ihrer Mutter der bevorstehende Abschied schwerfiel – ihr selbst ging es auch nicht anders. Aber Mama hatte zu Hause ja noch Annabelle und sie selbst würde die Pferde haben.

Als sie aus dem Haus auf den belebten Vorplatz traten, mussten sie die Augen zusammenkneifen, so hell schien die Sonne. Patricia Robinson begrüßte immer noch fleißig die Neuankömmlinge. Gerade fuhr ein weißer, luxuriös aussehender Pferdetransporter vor. Der Fahrer, ein großer Mann in Uniform, stieg aus, lief um die Kühlerhaube herum und öffnete die Beifahrertür. In diesem Moment verstummten die Gespräche, denn alle wollten sehen, wem der Chauffeur so vornehm die Tür öffnete. Als Erstes sah man zwei Turnschuhe, dann zerrissene Jeans und heraussprang ein dunkelhaariges, umwerfend schönes Mädchen mit olivfarbener Haut und zerschlissenem T-Shirt. Es sah trotzig und hochmütig in die Runde. Alle starrten es sprachlos an. Es wies den Chauffeur an, die Koffer zu holen, und wendete sich an Patricia Robinson.

„Mein Name ist Carmen Samantha Rodrigues, auf welches Zimmer sollen meine Koffer gebracht werden?"

„Äh, Moment, ich sehe mal nach", sagte die Hausmutter etwas überrumpelt und blickte auf ihr Klemmbrett. „Zimmer 25. Deine Zimmergenossin Rosa", sie deutete auf Rosalie, „kann dir den Weg zeigen."

Rosa stand wie zur Salzsäule erstarrt da: Dieses arrogante Mädchen sollte ihre Mitbewohnerin sein?

Carmen musterte sie von Kopf bis Fuß und sagte dann verächtlich: „Mit *der* werde ich wohl kaum in einem Zimmer schlafen. Mein Vater hat sicher ein Einzelzimmer für mich gebucht."

Inzwischen hatte Patricia Robinson sich wieder gefangen und sah das Mädchen streng an.

„Meine liebe Carmen, für die jüngeren Schülerinnen und Schüler gibt es keine Einzelzimmer. Erst wenn du in die Oberstufe kommst, hast du darauf ein Anrecht. Und ich möchte dich gleich bitten, nicht so herablassend über deine Zimmernachbarin zu reden, du kennst sie doch überhaupt noch nicht."

„Pfff", sagte Carmen, „ich habe kein Interesse, sie näher

kennenzulernen. Dafür sehe ich wirklich keinen Grund. Ich habe nämlich nicht vor, länger hierzubleiben."

Schockiert schaute Rosa die Neue an. Was war denn mit der los? Alle waren nett und freundlich, aber ausgerechnet sie musste diese Zicke als Mitbewohnerin bekommen. In diesem Moment spürte sie einen Arm, der sich bei ihr einhakte.

„Komm, Rosa", sagte Ellie, „wir gehen jetzt die Pferde begrüßen und ich zeige dir alles. Deine Zimmernachbarin wird den Weg wohl ohne dich finden müssen."

Dankbar sah Rosa Ellie an und fühlte sich gleich etwas besser. Zum Glück waren hier nicht alle so hochnäsig und unfreundlich wie ihre neue Zimmergenossin.

LIEBE AUF DEN ERSTEN BLICK

Nachdem sich Rosa schweren Herzens von ihrer Mutter verabschiedet hatte, lief sie hastig neben Ellie her. Ellie war ein Mädchen, das offenbar alles nur in schnellem Tempo tun konnte und dabei auch noch gerne redete. Sie durchquerten die große Eingangshalle und betraten einen riesigen Raum, in dem Tische und Stühle standen.

„Das ist der Speisesaal", erklärte Ellie. „Bei schönem Wetter dürfen wir manchmal auch auf der Terrasse essen, das ist immer voll cool. Zu besonderen Anlässen gibt es sogar Kerzen und Blumen auf den Tischen, ich liebe das. Das ist so schön romantisch. Nur blöd, dass wir hier nicht so viele Jungs haben."

Sie grinste verschmitzt und trat durch die geöffneten Glastüren auf die Terrasse. Sofort wurde sie von allen Seiten begrüßt. Ellie strahlte und winkte den anderen, ein Mädchen sprang freudig auf und gesellte sich zu ihnen.

„Hallo Ellie, schön, dich wiederzusehen!" Die beiden umarmten sich, dann stellte Ellie Rosa vor. „Mary, das ist Rosa. Sie hat ein bisschen Pech mit ihrer Mitbewohnerin, so eine arrogante, reiche Ziege. Wir werden sie ein wenig unter unsere Fittiche nehmen müssen. Rosa, das ist Mary, eine gute Freundin von mir." Mary war ein hübsches, großes Mädchen mit langen, dicken blonden Haaren. Sie begrüßte Rosa herzlich.

Gemeinsam spazierten sie einen geraden, mit Säulen gesäumten Weg entlang, der sogar überdacht war. *Meine Güte,* dachte Rosa, *hier wird man bei Regen nicht einmal nass, wenn man zu den Ställen muss.* Auf halbem Weg zum Stall stand ein riesiger Brunnen, in dessen Mitte sich ein Pferd aus Marmor auf den Hinterhufen erhob. Die Wasserfontäne plätscherte lustig vor sich hin. Rosa stellte sich vor, wie früher hier vielleicht Prinzessinnen und Prinzen spazieren gegangen waren, auf dem Weg zu ihren Pferden. Aus diesen Träumen wurde sie unsanft gerissen, als plötzlich etwas an ihrer Hosentasche knabberte. Erstaunt drehte sie ihren Kopf zur Seite und entdeckte einen kleinen, sandfarbenen Esel mit langen Plüschohren, der dabei war, die Leckerlis aus ihrer Hosentasche zu angeln. „Hey", rief Rosa, „wirst du wohl damit aufhören, du Schlingel!" Neben ihr lachten Ellie und Mary schallend.

„Das ist das Maskottchen von Blossom Hill. Darf ich vorstellen: Frederic, genannt Freddy, der frechste Esel, der jemals geboren wurde." Mary machte einen angedeuteten Knicks in Richtung des Esels und schob ihn dann von Rosa weg. Rosa stimmte in das Lachen ein und kraulte Freddy hinter den weichen Ohren. Es war ein besonders hübscher Esel, die Fesseln und das Fell in den Ohren waren weiß abgesetzt. Rosa mochte Esel, auch wenn es oft sture Gesellen waren.

Nun hatten sie endlich die Ställe erreicht und Rosa platzte schon fast vor Neugier, als der Pferdetransporter von ihrer Mitbewohnerin Carmen in Sicht kam, der langsam den Zufahrtsweg zum Stall hochrollte.

„Ach, schau mal, Mary, der Wagen von der arroganten Ziege", sagte Ellie. „Das müssen wir uns ansehen, bin gespannt, was die für ein Pferd mitbringt."

Die drei beobachteten, wie der Transporter langsam zum Stehen kam. Der Chauffeur stieg aus, öffnete die Türen zum Hänger und ließ die Rampe herab. Carmen öffnete eine kleine Seitentür und schlüpfte hinein.

„Merkwürdig", sagte Mary, „sie sieht überhaupt nicht aus wie ein reiches Mädchen."

„Stimmt", bestätigte Ellie, „wenn ich da an Meredith denke, die sieht so reich aus, wie ihre Eltern es tatsächlich sind." Ellie und Mary verzogen angewidert das Gesicht.

Kurze Zeit später erschien das Mädchen mit einem Führstrick in der Hand auf der Rampe, gefolgt von einem zierlichen, weißen Pferd mit langer, wehender Mähne und hoch aufgestelltem Schweif. Das Pferd setzte vorsichtig einen Huf vor den anderen, bis es auf dem festen Boden ankam. Dann riss es den Kopf hoch, schaute von links nach rechts und schnaubte laut durch die Nüstern, seine schwarzen Augen glänzten.

„Ich werd verrückt", flüsterte Rosa, „ein echter Araber."

„Ist der umwerfend", hauchte Ellie.

Araber waren für Rosa die grazilsten und edelsten Vollblüter auf der ganzen Welt, sie bewunderte ihre Schönheit wirklich sehr.

Inzwischen war ein großer, kräftig gebauter junger Mann aus dem Stall getreten und wollte das Pferd übernehmen.

„Ich bringe Ghazal selbst in den Stall!“, sagte Carmen streng. „Zeig mir nur den Weg.“

„Oho!“ Mary wandte sich an Ellie. „So eine Behandlung ist unser Jonny nicht gewöhnt, sonst liegen ihm hier alle Mädels zu Füßen.“

Kurze Zeit später tauchte das Mädchen wieder auf und verschwand erneut im Transporter. Verblüfft schauten die drei zu, wie es zum zweiten Mal mit einem Führstrick erschien und ein weiteres Pferd herausholte.

„Ich fasse es nicht, zwei Pferde! Damit stellt sie alle anderen in den Schatten.“ Ellie pfiff durch die Zähne.

Das zweite Pferd war deutlich größer, etwas kräftiger gebaut und tiefschwarz. *Kein Zweifel, das ist auch ein teures Rassepferd, vielleicht ein Trakehner*, mutmaßte Rosa.

„Kommt, Leute, ich glaub, wir haben genug gesehen, lasst uns zu den Schulpferden gehen.“ Ellie hatte auf dem Absatz kehrtgemacht und lief zum Stalleingang auf der gegenüberliegenden Seite.

„Auf der rechten Seite des Stalls stehen die Privatpferde und auf der linken die Schulpferde“, erklärte sie Rosa. „Das ist gut so, denn so können wir von der Terrasse aus auch einige Schulpferde sehen und nicht nur die Privatpferde. Die Paddocks, die nach hinten rausgehen, sind leider nicht einsehbar. Nur wenn man hoch im Haupthaus wohnt, so wie du, kann man sie gut sehen."

Bei den Paddocks der Schulpferde angelangt, fingen Ellie und Mary an, ihr alle Pferde samt ihren Macken und Eigenheiten vorzustellen. Es dauerte nicht lange und Rosa schwirrte der Kopf, denn es war unmöglich, sich alles zu merken. Nach einer Weile hörte sie nur noch mit halbem Ohr hin. Sie streichelte die samtigen Pferdenasen, kraulte Blessen und die weichen, warmen Stellen hinter den Ohren. Alle Pferde sahen gesund und sehr gepflegt aus, überhaupt nicht wie man sich typische Schulpferde vorstellte. Es gab so gut wie keine Ponys, sondern hauptsächlich Großpferde.

„Warum gibt es hier so wenige Ponys?", fragte Rosa.

„Na ja, bei allem Respekt für die Leistungen von Ponys, wir werden hier vorwiegend auf Turnierpferden ausgebildet. Einige von uns reiten schon bei richtig großen Turnieren mit, auch in der M-, manche sogar in der S-Klasse." Mary hatte sich erklärend an Rosa gewandt. „Nur die Kleineren aus Year seven fangen auf Ponys an, wenn sie mit ihren Beinen noch nicht an den Bauch der großen Pferde kommen. Deine Beine sind aber lang genug, sicher bekommst du ein großes Pferd zugeteilt."

„Ein festes Pferd für mich?" Rosa machte große Augen.

„Ja, und zwar eins für die Dressur und eins fürs Springen. Diese Pferde reitest du dann im Unterricht, aber auch nicht immer. Zu Übungszwecken tauschen wir manchmal die Pferde. Und hier ist mein Süßer." Ellie klopfte einem großen Apfelschimmel den Hals. „Das ist Dancer, mit ihm springe ich. Da Springen mein Hauptfach ist, reite ich vorwiegend ihn und bin auch als Pflegerin für Dancer verantwortlich."

Rosa kam aus dem Staunen nicht mehr heraus. „Reiten ist ein richtiges Schulfach?"

Die beiden älteren Mädchen lachten. „Natürlich, schließlich bist du hier auf einem Pferdeinternat. Neben den normalen Schulfächern wie Mathe und Englisch haben wir eben auch Reiten. Dressur und Springen müssen alle machen, entweder als Haupt- oder Nebenfach. Wer möchte, kann aber auch zusätzliche Kurse belegen wie Voltigieren, Military oder Galopprennen. Wir haben tatsächlich eine eigene Galopprennbahn. Die Plätze sind aber begrenzt, weil wir nur drei Galopper besitzen. Winner beispielsweise, der steht dort neben Dancer." Ellie zeigte auf einen braunen Wallach mit schwarzer Mähne und langen, schlanken Beinen.

Sie gingen weiter an der Reihe der Paddocks entlang und erreichten schließlich den letzten. Darauf standen eine elegante dunkelbraune Stute und ein Falbe.

„Und hier ist unsere Prinzessin, darf ich vorstellen: Princess Valentine. Sie ist eine echte Prinzessin und gibt sich nicht mit jedem ab, aber sie ist unser bestes Dressurpferd. Sie mag es nur nicht, gestreichelt zu werden, dann wirft sie mit dem Kopf." Mary deutete mit ausladender Bewegung auf die Stute, die sie tatsächlich keines Blickes würdigte.

Rosa stand wie vom Blitz getroffen da und starrte die Stute an, die aussah wie das Pferd ihrer Träume. Sie hatte ein ungefähres Stockmaß von 1,60 Meter und eine ganz wunderschöne dunkelbraune Fellfarbe mit schwarzen Flecken auf der Kruppe. Die Mähne war schwarz und lang und der Schweif voll und glänzend. Auf dem anmutig schlanken Hals thronte ein wohlgeformter Kopf, aus dem aufmerksame Augen in die Gegend schauten. Auch die Beine waren lang und schlank, ohne jeden Makel, und die Hufe glänzten wie frisch eingefettet.

„Hallo, meine Schöne", lockte sie die Stute sanft, „ich würde dir zu gerne mal über die Nüstern streicheln."

Die beiden großen Mädchen lächelten amüsiert. Aber dann passierte das Wunder. Valentine drehte Rosa den Kopf zu, sah sie kurz an und kam dann zum Zaun, über den Rosa ihre Arme gelegt hatte. Rosa blieb ganz still stehen und redete leise mit der Stute. Valentine hatte die Ohren gespitzt und schnupperte an den Armen des Mädchens, nach einer Weile legte sie ihre Nüstern ganz leicht an Rosas Wange und pustete sie vorsichtig an. Rosa strahlte und strich der Stute über die Blesse – Valentine ließ es sich gefallen.

„Das gibt's doch nicht", platzte es aus Ellie heraus, „sie mag dich, dabei hat sie dich noch nie zuvor gesehen!"

„Das wird uns keiner glauben, die Prinzessin hat jemanden erhört", ergänzte Mary. „Hoffentlich darfst du sie mal reiten. Aber die Chancen stehen nicht gut, denn nur die besten Dressurreiter unter uns haben das bislang getan. Weil sie so eigen ist, hat sie im letzten Jahr auch keine persönliche Pflegerin gehabt."

Rosa sah Valentine in die Augen. Sie würde mit ihr klarkommen, da war sie sich ganz sicher, es war einfach Liebe auf den ersten Blick.

Am Abend lag sie in ihrem neuen Bett lange wach und ließ den Tag noch einmal an sich vorbeiziehen. Die Ankunft, ihre unfreundliche Zimmernachbarin, die tatsächlich nur das Nötigste mit ihr redete, ihr Traumpferd Princess Valentine und ihr sehnlicher Wunsch, die Stute einmal reiten zu dürfen. Dankbar war sie vor allem für den glücklichen Umstand, dass sie Ellie kennengelernt hatte.

Ihre Gedanken wanderten zum gemeinsamen Abendessen in dem schönen, vornehmen Speisesaal. Das Essen war so lala gewesen, alles gut zubereitet und angerichtet, aber, wie Ellie so schön bemerkte, „sehr gesund". Erwachsene schienen irgendwie der Ansicht zu sein, jungen Menschen mit gesundem Essen eine Freude zu machen, aber das Gegenteil war der Fall. Statt der Dinkelnudeln mit Gemüsesoße hatten sich alle nach einem Fleisch-Kartoffel-Auflauf wie *Shepherd's Pie* oder Ähnlichem gesehnt, aber sie wollte nicht zu mäkelig sein. Die *Headmistress* Philomena Thompson hatte als Direktorin alle herzlich begrüßt und die Neuen vorgestellt. Sie war eine sehr elegante Frau in einem dunkelblauen Kostüm mit eingesticktem Blossom-Hill-Wappen und trug einen schwarzen Haarknoten. Die Schülerinnen und Schüler hatten Respekt vor ihr, das merkte man gleich, und Rosa fühlte sich ein wenig eingeschüchtert. Alle Lehrkräfte wohnten auf Blossom Hill und würden die Mahlzeiten mit ihnen gemeinsam einnehmen. Die Klassenlehrerinnen und -lehrer waren neben der Hausmutter die Ansprechpartner für die Schüler. Bei Problemen durften die Schüler sich an ihre Klassenleitung wenden, auch mitten in der Nacht. Mistress Thompson stellte die Lehrkräfte vor. Mister Edward Harris beispielsweise, einen Mathelehrer, der leuchtend blaue Augen hatte und bei dessen Vorstellung viele Schülerinnen getuschelt und gelacht hatten. Rosa wusste nicht, warum. Mademoiselle Celéste Dupont, die Französischlehrerin, eine grauhaarige Frau in grauem Kostüm, die genauso unfreundlich aussah wie Rosas alte Französischlehrerin. Miss Florence Fox hingegen wirkte nett und lustig. Sie hatte lange, rote Haare und ein fröhliches Lachen – Englisch und Gesellschaftskunde waren wohl gerettet. Am besten aber gefiel ihr Mister Michael Allen, der Lehrer für Naturwissenschaften. Er war ein bisschen nachlässig gekleidet und hatte ziemlich wirre Haare und abstehende Ohren, so jemand konnte eigentlich nur freundlich sein. Rosa mochte die Naturwissenschaften und sie wusste auch schon genau, was sie mal werden wollte, nämlich Tierärztin – und natürlich eine ausgezeichnete Dressurreiterin!

Rosa drehte sich in ihrem Bett auf die andere Seite, sie wurde immer müder. Doch kurz bevor sie endlich einschlafen konnte, fiel ihr wieder die Ankündigung der Direktorin ein, dass morgen Vormittag für ihren Jahrgang das Vorreiten auf dem Plan stand. Der Reitlehrer, Herr von Mahlzahn, würde danach alle in die entsprechenden Leistungsgruppen einteilen. Davor hatte Rosa jetzt schon furchtbaren Bammel. Sie hasste nichts mehr als solche Prüfungssituationen. Dabei brauchte sie sich überhaupt keine Sorgen zu machen, sie war eine gute Reiterin, das wusste sie. Trotzdem fehlte ihr einfach oft das nötige Selbstvertrauen, um Prüfungen völlig souverän und ohne Nervosität zu meistern.

Da wurden ihre Gedanken durch ein leises Geräusch unterbrochen.

Nanu, wunderte sich Rosa. Sie hätte schwören können, unterdrücktes Weinen von der anderen Seite des Zimmers zu hören. War das etwa Carmen? Rosa lauschte angestrengt, aber jetzt hörte sie keinen Laut mehr. Und schließlich hatte so ein reiches Mädchen mit zwei Pferden doch sicher keinen Grund zu weinen, oder? Sie musste sich einfach verhört haben.

Ihre Gedanken wanderten noch einmal zu Princess Valentine. Sie war wirklich das schönste Pferd, das Rosa jemals gesehen hatte. Sie hoffte so sehr, dass sie die Stute irgendwann einmal würde reiten können.

Rosa träumte noch eine Weile vor sich hin, dann schlief sie endlich ein.

HOCHMUT KOMMT VOR DEM FALL

Der nächste Morgen begann nicht so gut. Zwei Mädchen in einem Zimmer bedeutete, dass sie sich das Badezimmer teilen mussten. Carmen war daran offensichtlich nicht gewöhnt. Rosa wartete jetzt schon seit dreißig Minuten darauf, endlich aufs Klo gehen zu können. Außerdem musste sie spätestens um Viertel vor acht bei der *Registration* sein. Jeden Morgen überprüfte eine Lehrkraft, ob alle rechtzeitig und ordentlich gekleidet zum Frühstück erschienen waren. Wer das nicht schaffte, lief Gefahr, eine *Early Work* aufgebrummt zu bekommen. Küchendienst oder Ähnliches, noch vor dem Frühstück.

„Hey, Carmen, wie lange brauchst du noch? Ich muss mich auch noch fertig machen, die *Registration* fängt bald an!"

„Ich brauche so lange, wie ich eben brauche. Kannst ja früher aufstehen und als Erste ins Bad gehen", erklang Carmens unfreundliche Stimme durch die geschlossene Tür.

„Was soll denn das? Das geht doch so nicht. Es ist unser gemeinsames Bad und wir müssen absprechen, wer wann reingeht."

„Tja, Pech gehabt, aber nicht mit mir. Ich bin es gewohnt, so lange im Bad zu bleiben, wie ich eben möchte."

Rosa ließ die Schultern hängen, mit Unfreundlichkeit kam sie immer schlecht zurecht. Morgen früh würde sie sich etwas einfallen lassen müssen. Sie hörte noch weitere fünf Minuten Wasser plätschern, dann kam Carmen endlich heraus. Rosa fragte sich, wofür sie wohl so lange gebraucht hatte, und starrte sie überrascht an. Carmen sah richtig schlampig aus. Der blaue Blazer war völlig verknittert, genauso wie der Rock. Unter dem Blazer trug sie weder die vorgeschriebene cremefarbene Bluse noch ein Poloshirt mit dem Schullogo, sondern das T-Shirt von gestern.

Warum machte Carmen so etwas? Sie wusste doch genau, dass das nicht erlaubt war. Alle Verhaltensregeln waren ihnen mit der Anmeldebestätigung zugesandt worden. Englische Internate waren ziemlich streng!

„Was starrst du mich so an, noch nie ein hübsches Mädchen gesehen?", knurrte Carmen.

Schnell packte Rosa ihre Klamotten und verschwand im Badezimmer. Als sie herauskam, war Carmen bereits gegangen.

Rosa klopfte das Herz bis zum Hals, als sie in ihrer schicken neuen Reituniform am Springbrunnen vorbei zum Stall lief. Nach dem Frühstück hatten sich alle aus dem siebten Jahrgang in Windeseile für das Vorreiten umgezogen. Neben ihr stapften die Zwillingsbrüder Matthew und Finley, die Matt und Fin genannt werden wollten. Die beiden sahen ebenfalls sehr angespannt aus, Vorreiten bereitete niemandem so richtig Freude. Außer den Zwillingen gab es nur zwei weitere Jungen in Rosas Klasse, der Rest waren Mädchen. Die Jungen auf Blossom Hill waren in einem von den Mädchen getrennten Trakt untergebracht. Mahlzeiten und Unterricht fanden aber gemeinsam statt.

Immerhin war das Wetter gut, es war ein sonniger, milder Tag, nicht zu heiß und auch nicht windig. Die Vögel zwitscherten und Insekten summten durch die Luft. Die gepflegte Anlage sah einladend aus. Rosa war schon sehr gespannt auf den Unterricht des leitenden Reitlehrer, Herrn von Mahlzahn. Er kam ursprünglich aus Deutschland, lebte aber schon seit zwanzig Jahren auf Blossom Hill. Und sie war neugierig darauf, welches Pferd sie wohl reiten würde. Treffpunkt war vor dem Stalleingang zu den Schulpferden. Herr von Mahlzahn stand schon umringt von einer Traube von Schülern vor der Tür. Er war ein eindrucksvoller älterer Mann, der sehr gewichtig und Respekt einflößend aussah. Rosa wurde gleich noch nervöser, zu Hause hatte sie eine nette junge Reitlehrerin gehabt.

Als alle vollzählig waren, begrüßte er die Neuankömmlinge.

„Willkommen auf Blossom Hill! Ihr habt gestern Abend von der *Headmistress* schon viel über unser Internat gehört und auch darüber, was hier von euch erwartet wird, vor allem was eure Schulnoten angeht. Ich will das gar nicht alles wiederholen, sondern euch sagen, was mir am wichtigsten ist."

Er machte eine bedeutsame Pause.

„Nämlich nur eins: Dass ihr gute Reiter werdet. Und was meine ich mit guten Reitern? Dass ihr am Ende eine S-Dressur reiten könnt? Dass ihr über einen zwei Meter hohen Sprung springen könnt? NEIN, das kann jeder, der hart trainiert und die entsprechenden Pferde hat. Das muss nicht unbedingt ein guter Reiter sein. Ein guter Reiter ist jemand, der sein Pferd versteht und es schafft, aus sich und dem Pferd das Beste herauszuholen, und zwar ohne Zwang, sondern allein durch Können. Wenn ich zu jemandem sage, er oder sie sei ein guter Reiter oder eine gute Reiterin, ist dies das höchste Lob, das ich aussprechen kann. Und eins merkt euch gleich, das Pferd kommt immer zuerst!"

Er ließ seine Worte auf die Kinder wirken, die leise tuschelten. Auf Rosa machte seine Aussage mächtig Eindruck, sie hatte bisher nur das Leistungsprinzip kennengelernt. Auf die Pferde wurde nicht unbedingt Rücksicht genommen.

„So, und jetzt zum Ablauf: Wir fangen mit der Dressur an, danach kommt das Springen. Unser Pferderat wird dabei zusehen, viele Augen sehen nämlich mehr als nur meine zwei. Nach dem Reiten setze ich mich mit dem Pferderat zusammen und wir entscheiden, in welche Gruppen ihr eingeteilt werdet. Wir arbeiten jahrgangsübergreifend, es gibt nur Leistungsklassen: Anfänger, Fortgeschrittene I und II sowie die Champions. Nach jedem der drei *Terms* im Schuljahr prüfen wir, ob ihr noch in der richtigen Gruppe seid. Also, strengt euch an! Man kann nämlich nicht nur auf-, sondern auch absteigen!"

Wieder ging ein Raunen durch die sechzehn Schüler aus *Year seven*. Den Pferderat fand Rosa sehr interessant. Jedes Jahr wurden fünf Schülerinnen und Schüler gewählt, die bei verschiedenen Entscheidungen beteiligt waren, beispielsweise wer welches Pflegepferd bekam oder in welche Gruppe man eingeteilt wurde. Ihre neue Freundin Ellie war natürlich Mitglied im Pferderat, sie mischte einfach überall mit.

Da erhob Herr von Mahlzahn wieder seine Stimme.

„So, genug geredet. Alle, die ein eigenes Pferd haben, machen jetzt ihr Pferd fertig. In einer halben Stunde treffen wir uns auf dem Dressurplatz, der liegt dort drüben. Aufsitzen erst auf dem Platz. Also, ab mit euch."

Die Betreffenden machten sich auf den Weg. Carmen sah verdammt gut aus in ihrer Reituniform. Aber ihr Gesicht strotzte vor Hochmütigkeit. Sie redete mit niemandem.

Der Reitlehrer wandte sich den Verbliebenen zu.

„So, mal schauen, jetzt muss ich die richtigen Pferde für euch finden. Anhand eurer Schülerakten habe ich mich schon ein bisschen über euch informiert. Lily?"

Ein Mädchen trat vor, das wie eine kleine Maus aussah, fand Rosa. Unscheinbar, klein und zierlich, mit farblosen, dünnen Haaren.

„Du nimmst Starbuck, unser bestes Turnierpony."

Lily strahlte und eilte davon. Der Pferderat unterstützte die Neuen beim Fertigmachen der Pferde.

Nach und nach verteilte der Reitlehrer die Pferde, schließlich war Rosa an der Reihe.

„Rosalie, wie ich gesehen habe, hast du ein Stipendium bekommen und schon beachtliche Erfolge im Dressurreiten erzielt. Da bin ich schon gespannt. Probier heute Cookie aus."

Ellie nahm Rosa ins Schlepptau und brachte sie zu Cookie, der sich den Paddock mit Princess Valentine teilte.

„Du hast Glück gehabt", sagte Ellie. „Cookie ist ein sehr verlässliches Dressurpferd und nebenbei noch wunderschön! Der einzige Falbe hier." Ellie lockte Cookie und befestigte den Führstrick am Halfter.

Vor den Boxen konnte man die Pferde zum Putzen und Satteln festbinden. Jedes Pferd hatte seine eigene Putzbox und eigenes Sattelzeug, das in der großen Sattelkammer zu finden war. Rosa staunte, wie ordentlich und aufgeräumt alles war. Aus ihrem alten Stall war sie ganz anderes gewohnt, immer musste man sich dort seine Sachen zusammensuchen. Hier gab es für jedes Pferd einen eigenen Platz mit dem Namensschild des Pferdes.

Rosa band Cookie vor der Boxentür an und schaute dabei sehnsüchtig zu Valentine. Die Stute hatte die Ohren gespitzt und beobachtete sie. Rosa rief ihren Namen und sofort kam sie näher und spähte durch die Gitterstäbe der Box. Leise redete Rosa auf sie ein und streichelte über ihre weichen Nüstern. Valentine schnaubte.

„Hey", sagte Ellie. „Hier ist dein Pferd, wir haben nicht ewig Zeit. Unglaublich, Valentine hat irgendwie einen Narren an dir gefressen. Kannste dir was drauf einbilden!"

Ellie grinste Rosa an.

Nach und nach waren die Pferde fertig gesattelt und wurden von den Schülern ins Freie und auf den Platz geführt. Nur Carmen machte eine Ausnahme. Sie war bereits auf dem Betonboden vor dem Stall auf ihren Schimmel gestiegen und ritt zum Reitplatz, wieder mit hochmütiger Miene. Das brachte ihr einen tierischen Rüffel von Herrn von Mahlzahn ein, der mit donnernder Stimme quer über den Platz schimpfte. Carmen würdigte ihn keines Blickes.

Meine Güte, dachte Rosa, *die ist aber mal abgebrüht!* Sie wäre vor Scham wahrscheinlich im Erdboden versunken.

Der Reitplatz lag wunderschön am Rand der weitläufigen Weiden. Umzäunt war er mit weißen, glatten Holzstangen, an denen die Buchstaben für die Dressur befestigt waren. Der Boden war genau richtig fürs Dressurreiten, nicht zu fest und nicht zu locker. An einer Stirnseite gab es sogar eine kleine, überdachte Tribüne, auf der jetzt der Pferderat und noch einige andere Schülerinnen und Schüler saßen, die gerade keinen Unterricht hatten. Herr von Mahlzahn stand in der Mitte und gab die Kommandos.

„So, Kinder, durcheinanderreiten. Macht die Pferde warm und zeigt dann, was ihr könnt!"

Rosa konzentrierte sich ganz auf Cookie. Jeder Reiter musste sich auf ein Pferd, das er zum ersten Mal ritt, erst einstellen. Das fing schon beim Aufsteigen an und konnte eine heikle Sache sein. Manche Pferde wollten einfach nicht stehen bleiben und kaum hatte man den Fuß im Steigbügel, rannten sie los. Rosa hatte schon lustige Situationen erlebt mit kleinen Kindern, die einbeinig hinter ihrem Pony herhüpften, das mal eben schon losgelaufen war. Aber Cookie war ganz brav stehen geblieben und Rosa lobte ihn gebührend dafür. Auch beim Nachgurten gab es nichts zu meckern. Inzwischen hatte Cookie sich warm gelaufen und jetzt konnte es richtig losgehen.

Rosa nahm vorsichtig die Zügel auf, bis sie die Verbindung zum Maul spürte, und behielt die Beine am Pferd, Absätze unten, ganz so wie sie es gelernt hatte. Sie spürte, wie Cookie aufmerksam wurde und Spannung in den Pferdekörper kam. Jetzt hieß es, das Pferd an den Zügeln zu reiten. Cookie musste seinen Hals schön rund beugen und die Verbindung von ihrer Hand zum Pferdemaul musste weich und elastisch sein, nicht hart und ruckelnd. Rosa ritt mehrere Volten und dann auf den Zirkel. Das war immer harte Arbeit, vorwärtstreiben und gleichzeitig vorn halten, sie fing an zu schwitzen. Sie wechselte häufig zwischen Schritt und Trab und nach und nach spürte sie, dass Cookie sich auch auf sie einstellte. Er nahm seinen Kopf runter und trabte weich und locker dahin.

„Das sieht ja schon ganz gut aus, Rosalie", hörte Rosa Herrn von Mahlzahn sagen. „Mitte der nächsten Bahn anhalten und rückwärtsrichten. Danach aus dem Stand antraben und auf den Zirkel gehen."

Sie konzentrierte sich voll auf die Aufgaben und Cookie zog mit. Rosa war in ihrem Element. Dressur – das war einfach ihr Ding. Sie hatte alles andere ausgeblendet, die Prüfungssituation, die vielen Menschen, die ihr zusahen, und selbst die wunderschöne Umgebung.

„Bei A im Zirkel angaloppieren, dann aus dem Zirkel wechseln mit einfachem Galoppwechsel."

Rosa tat wie geheißen, sie parierte ihr Pferd in der Mitte der Bahn zum Schritt durch und galoppierte nach drei Schritten wieder an. Es klappte wie am Schnürchen, sie hatte sogar die richtige Hand erwischt.

„Das hast du gut gemacht, Rosalie. Ich sehe, du verstehst dein Handwerk und Cookie folgt dir willig." Herr von Mahlzahn wandte sich der nächsten Reitschülerin zu.

Rosa strahlte, ihr Blick fiel auf die Tribüne und Ellies hochgestreckten Daumen. Ihr wurde ganz warm ums Herz: Was für ein großartiger Ort. Ihr lang ersehnter Traum war in Erfüllung gegangen. Jeden Tag würde sie reiten, ihre Fähigkeiten verbessern und bei den Pferden sein. Eine Freundin hatte sie auch schon gefunden, allerdings schien Ellie mit fast allen gut Freund zu sein.

Rosa wurde abrupt aus ihren Gedanken gerissen, als sie donnernde Hufe hinter sich hörte. Sie drehte sich um und sah Carmen direkt auf sie zugaloppieren, offensichtlich war Ghazal durchgegangen. „Pass auf!", rief Rosa erschrocken. Carmen brachte das Pferd kurz vor ihr zum Stehen.

„Reg dich nicht auf, ich reite nicht erst seit gestern", herrschte Carmen sie an.

Ghazal rollte mit seinen großen, schwarzen Augen und zitterte vor Aufregung. Er schien es nicht gewohnt zu sein, so viele andere Pferde um sich zu haben, und die schlechte Stimmung der Reiterin hatte sich wohl auf ihn übertragen. Carmen zog an den Zügeln und versuchte, ihr Pferd wieder unter Kontrolle zu bringen, was ihr nur leidlich gelang. Ghazal tänzelte mit hoch aufgerichtetem Schweif um die Bahn, den Kopf wie eine Giraffe nach oben gestreckt. Die anderen Reiter bemühten sich, nicht im Weg zu sein, und starrten den Araber an, der einfach toll aussah.

Jetzt schaltete sich Herr von Mahlzahn ein. „So, Carmen, bis auf eine große Klappe habe ich von dir noch nichts gesehen. Jetzt hör auf, wie wild an den Zügeln zu zerren. So etwas solltest du mit einem Araber nicht machen. Setz dich hinten fest in den Sattel, lass die Zügel lockerer und reite mit deinem Gewicht. Hast du dieses Pferd gerade erst bekommen?“

Carmen wurde rot und presste zwischen zusammengebissenen Zähnen hervor: „Nein, ich habe Ghazal bereits als Fohlen bekommen und jetzt ist er fünf Jahre alt. Er hat nur keine Lust, auf diesem beschissenen Internat zu sein!“

Die anderen hielten die Luft: Wie würde der Reitlehrer auf diese Frechheit reagieren? Gutes, untadeliges Benehmen wurde auf Blossom Hill großgeschrieben! Und wer sich nicht an die Regeln hielt, musste mit einer Bestrafung rechnen.

Herr von Mahlzahn blieb ganz ruhig und sah Carmen direkt ins Gesicht.

„Ah, ich verstehe jetzt, woher der Wind weht. Du möchtest nicht hier sein und dein armes Pferd muss das ausbaden. Weißt du was? Ihre beide reitet jetzt einfach eine große Runde ums Gelände, bis die Gemüter sich wieder beruhigt haben. Dann bittest du den Pferdepfleger, Ghazal auf die Weide zu stellen, damit er sich austoben kann. Ihn wird unser gutes Weidegras für die schlechte Laune seiner Besitzerin entschädigen."

Nun doch beschämt, verließ Carmen mit Ghazal den Dressurplatz. Irgendwie tat sie Rosa leid. Etwas stimmte nicht mit ihr, das merkte sie jetzt deutlich. Ob sie sich dann vielleicht in der Nacht zuvor doch nicht verhört hatte? Konnte es sein, dass Carmen tatsächlich geweint hatte?

Die anderen hatten offensichtlich kein Mitleid mit Carmen, einige grinsten hämisch. Carmen hatte sich mit ihrer hochmütigen Art keine Freunde gemacht.

„Tja, Hochmut kommt vor dem Fall", murmelte Matt seinem Bruder zu.

Die Gruppeneinteilung

Carmen hatte sich die Worte Herrn von Mahlzahns zu Herzen genommen. Sie führte nun ihr Springpferd Adora zum Platz, ganz so wie der Reitlehrer es angeordnet hatte. Rosa ging dicht hinter ihr und hatte Golden Girl am Zügel, eine etwas nervöse Fuchsstute. Der Springplatz lag dem Dressurplatz gegenüber und bestand aus einem großen Rechteck mit bereits aufgebauten Hindernissen und einem etwas kleineren Abreitplatz. Auch hier gab es wieder eine Zuschauertribüne.

Staunend betrachtete Rosa all die bunt gestrichenen Hindernisse: Oxer, Mauern und einen fest angelegten Wassergraben. Sie merkte, wie die Aufregung in ihr hochstieg. Auf dem Abreitplatz gurtete sie nach, stellte die Steigbügellänge ein und stieg auf. Golden Girl war anders als Cookie, das spürte sie gleich.

Wie vom Reitlehrer aufgetragen, ritten die Reitschüler ihre Pferde warm, während die Mitglieder des Pferderates die Hindernisse zu einem Parcours aufbauten.

Erleichtert sah Rosa, dass die Stangen nicht allzu hoch lagen. Trotzdem war sie aufgeregt und das übertrug sich sofort auf ihr Pferd: Die Stute spielte nervös mit den Ohren und der Trab war fast tänzelnd. Rosa mahnte sich selbst zur Ruhe und sprach sanft auf Golden Girl ein. Langsam wurde ihr Pferd ruhiger und sie selbst von den Geschehnissen auf dem Springplatz abgelenkt.

Carmen wurde als Erste von Herrn von Mahlzahn auf den Platz gerufen und alle sahen gespannt zu, wie es wohl dieses Mal ablaufen würde. Erstaunt mussten sie feststellen, dass scheinbar plötzlich ein ganz anderes Mädchen auf dem Pferd saß. Carmen hatte einen konzentrierten Gesichtsausdruck, Missmut und Überheblichkeit waren wie weggewischt. Adora war ein gut ausgebildetes Pferd, das merkten alle gleich, die schwarze Stute galoppierte in einem ruhigen versammelten Galopp mit gesenktem Kopf um den Platz.

„Das sieht gut aus, Carmen, jetzt nehmt bitte den einzelnen Sprung, der hier aufgebaut ist." Herr von Mahlzahn sah den beiden aufmerksam zu.

Carmen versammelte ihr Pferd noch ein wenig und ritt auf den Sprung zu, Adora nahm ihn mit einem großen Satz.

„Okay, über diese Höhe ist deine Stute offensichtlich erhaben. Legt doch mal die Stange vier Loch höher." Der Reitlehrer hatte sich an den Pferderat am Rand gewandt.

Die anderen hielten den Atem an, gleich vier Löcher! Wieder ritt Carmen passgenau auf das Hindernis zu und nahm es mit Leichtigkeit.

„Na, das sieht wirklich gut aus." Herr von Mahlzahn sah zufrieden aus und forderte die Helfer auf, die Stangen des kleinen Parcours höher zu legen. In der Zwischenzeit erläuterte er Carmen, in welcher Reihenfolge sie die Hindernisse nehmen sollte.

Carmen galoppierte an. Ruhig und konzentriert ritt sie aus einer großen Volte heraus auf das erste Hindernis zu, Adora reckte sich und sprang elegant darüber. Die beiden waren eine Einheit, nicht ein falscher Tritt, nicht ein falscher Absprung oder falsch berechneter Abstand, und im Nu hatten sie den Parcours grandios gemeistert. Den Reitern auf dem Abreitplatz blieb der Mund vor Staunen offen stehen, was für ein Unterschied zu dem Auftritt von vorhin!

„Prima, Carmen, beim Springen bist du mit dem Herzen dabei, weiter so!", lobte sie der Reitlehrer. Über Carmens Gesicht huschte ein erstauntes und erfreutes Lächeln, wenn auch nur ganz kurz.

Komisch, dachte Rosa, *auf einmal sieht sie doch ganz nett aus.* Aber Rosa hatte keine Zeit, weiter über Carmen nachzudenken, denn jetzt war sie an der Reihe. Golden Girl tänzelte aufgeregt auf den Springplatz und Rosas mulmiges Gefühl verstärkte sich erneut. Glücklicherweise waren die Sprünge wieder niedriger gestellt worden. Auch sie sollte erst über den Einzelsprung gehen. Golden Girl hatte die Ohren gespitzt und raste voller Freude auf das Hindernis zu. *Mist*, dachte Rosa, *die hat mehr Spaß daran als ich.* Und schon war ihre Stute mit einem riesigen Satz über das Hindernis gefegt und sah sich triumphierend nach dem Reitlehrer um.

Der lachte. „Liebe Rosalie, du bist hier die Reiterin und ich will sehen, was du kannst. Dass Golden Girl eine tolle Springerin ist, weiß ich schon!"

Rosa war verlegen, ritt eine Volte, um die Stute ein wenig auszubremsen, und sprang dann erneut.

„Das war schon besser, dann probiert mal den Parcours aus, pass aber auf, dass du die Oberhand behältst!"

Rosa ritt wieder an und musste schon vor dem ersten Hindernis mehrere Paraden geben, um ihr springwütiges Pferd etwas zu bremsen. Die ersten drei Sprünge klappten ganz gut, dann berechnete sie aber den Abstand zum nächsten Hindernis falsch. Um noch sicher über den Sprung zu kommen, machte Golden Girl einen riesigen, schiefen Satz und Rosa kam ins Straucheln. Glücklicherweise fing sie sich wieder und rutschte zurück in den Sattel. Diesen Augenblick der Unaufmerksamkeit nutzte die Stute aus, um die Führung zu übernehmen. Sie biss so fest auf das Gebissstück, dass Rosas Paraden nicht mehr durchkamen, und beendete den Parcours, ohne weiter auf ihre Reiterin zu achten. Rosa machte ein verzweifeltes Gesicht und war heilfroh, dass sie nicht runtergefallen war, das wäre zu peinlich gewesen!

Herr von Mahlzahn schmunzelte. „Mach dir nichts draus, Rosalie, so schlecht war es nicht für den Anfang und du hast noch viel Zeit zum Üben."

Mit gesenktem Kopf wechselte Rosa auf den Abreitplatz. Ellie öffnete die Stange, damit sie durchreiten konnte.

„Du brauchst gar nicht so enttäuscht zu schauen, Rosa.

Wenn der Mahlzahn unzufrieden gewesen wäre, dann hätte er das gesagt. Unsere Goldie ist wirklich schwer zu reiten, weil sie einfach zu gerne springt."

Dankbar sah Rosa Ellie an, die aufmunternden Worte taten gut. Das mit dem Springen war manchmal eine Last für Rosa, sie machte das einfach nicht so gerne. Vor hohen Sprüngen hatte sie teilweise sogar Angst, auch wenn sie das noch niemandem verraten hatte. Wenn man nach Blossom Hill wollte, musste man aber auch das schaffen, da führte kein Weg dran vorbei. Und wenn sie sich so umschaute, dann war Blossom Hill die richtige Entscheidung gewesen. Es war das reinste Pferdeparadies. Auf den grünen Wiesen ringsherum weideten Pferde, vor allem Stuten mit ihren Fohlen, die munter in der Sonne herumsprangen. Rosa nahm sich vor, heute noch einen Spaziergang zu den Weiden zu machen und die Fohlen zu streicheln. Was waren die doch süß! Von Fohlen konnte sie einfach nicht genug bekommen.

Nachdem die Springstunde vorbei war und alle Schülerinnen und Schüler ihr Können unter Beweis gestellt hatten, war es schon fast Zeit für das Mittagessen. Schnell wurden die Pferde abgesattelt, die Hufe ausgekratzt und dann ging es ab ins Haupthaus zum Frischmachen und Umziehen.

Diesmal war Rosa die Erste im Badezimmer. Sie wusch sich und wechselte die Reituniform gegen ihre Schuluniform. Als sie aus dem Bad kam, hatte Carmen sich bereits umgezogen. Statt der Schuluniform trug sie wieder die zerrissenen Jeans mit dem alten, verwaschenen T-Shirt. Rosa konnte sich nur wundern, denn sie hatte gesehen, dass Carmen riesige Kleiderberge in ihren Schrank verfrachtet hatte.

„Soll ich auf dich warten?“, fragte Rosa.

„Nein, ist nicht nötig, geh einfach“, antwortete Carmen, aber es klang wenigstens nicht mehr ganz so unfreundlich wie heute Morgen.

An diesem schönen Spätsommertag war auf der Terrasse gedeckt. Staunend blieb Rosa in der Terrassentür stehen, die Tische waren zu großen Gemeinschaftstischen zusammengestellt worden und es gab sogar Tischdecken. Aufgeklappte Sonnenschirme spendeten Schatten. Rosa gesellte sich an einen Tisch, an dem schon einige ihrer neuen Klassenkameraden saßen.

Vor den gemeinsamen Mahlzeiten richtete eine der Lehrkräfte eine kurze Ansprache an die Schülerinnen und Schüler von Blossom Hill. Manchmal wurden organisatorische Ansagen gemacht oder der Spruch des Tages erläutert. Am Ende gab es immer ein kurzes Dankgebet für das Essen.

Als der Gong ertönte, holten jeweils zwei Schüler pro Tisch das Essen in großen Schüsseln aus der Küche. Rosa lief das Wasser im Mund zusammen. Heute gab es Grießbrei mit frischen Erdbeeren oder Kirschen – ein richtiges Sommeressen! Lachend und schwatzend saßen die Schüler an den Tischen, aßen und tranken eisgekühlte Limonade dazu.

Rosa sah sich um, wo war denn Carmen abgeblieben? Ach, da – sie saß an einem der hinteren Tische, der kaum besetzt war.

Sie aß schweigend und hatte wieder ihren missmutigen Blick aufgesetzt.

Nach dem Essen machte Rosa sich auf den Weg zu den Weiden, es war noch eine Stunde Zeit, bis im *The Champion's Inn* die Gruppeneinteilung erfolgen sollte. Der reguläre Unterricht würde erst morgen beginnen. Sie lief den überdachten Weg bis zu den Ställen entlang. Dort hielt sie noch einmal bei Princess Valentine an und redete ein bisschen mit ihr. Valentine war wieder an den Zaun gekommen und hörte ihr zu, die Ohren gespitzt. Mühsam riss Rosa sich schließlich los und ging dann an den Reitplätzen vorbei zu den Weiden. Sie war schon ziemlich gespannt, in welche Gruppen sie kommen würde und welche Pferde ihr zugeteilt werden würden.

Bei den Weiden angekommen, entdeckte sie, dass auch andere auf den Gedanken gekommen waren, nach den Fohlen zu schauen. Lily stand am Zaun und versuchte, die Fohlen anzulocken.

„Hallo, Lily", begrüßte Rosa sie, „die sind voll süß, oder?"

„Oh ja", antwortete Lily lachend, „und am besten finde ich, dass sie auch so klein sind wie ich."

„Ach, mach dir nichts draus, du wirst bestimmt bald einen Wachstumsschub bekommen."

Das Wort hatte ihre Mutter immer verwendet, wenn sie Rosa schon wieder neue Kleider kaufen musste, weil sie aus den alten rausgewachsen war.

„Mir macht das gar nichts aus, weißt du, ich reite nämlich

echt gerne auf Pony. " Lily sah das also eher entspannt. „Außerdem kommt es nicht darauf an, wie groß man ist, sondern was man im Kopf hat. Das sagt jedenfalls mein Papa immer."

Da konnte Rosa ihr nur zustimmen. Endlich war ein cremefarbenes Fohlen zu ihnen an den Zaun gekommen. Bereitwillig ließ es sich hinter den großen Plüschohren kraulen. Neugierig geworden, kamen jetzt auch andere Fohlen an den Zaun. Die beiden Mädchen streichelten die Fohlen ausgiebig und mussten sie daran hindern, ihre Kleidung anzufressen. Darüber vergaßen sie die Zeit, bis Lily auf ihre Uhr schaute und erschrocken einen Schrei ausstieß.

„Oh Mann, wir müssen los, Rosa! In fünf Minuten sollen wir im *The Champion's Inn* sein."

„Mist", sagte Rosa und beide rannten schnell zurück zu den Ställen. Pünktlichkeit war auf Blossom Hill sehr wichtig.

Das Reitcasino, *The Champion's Inn*, war Teil der Dressurhalle. Es hatte gläserne Wände zur Halle hin, sodass man von hier aus den Reitern zuschauen konnte. Die Einrichtung war sehr gemütlich, mit kleinen, runden Tischen, Holzstühlen und sogar einer Bar, an der Getränke ausgegeben werden konnten.

Die beiden Mädchen kamen in letzter Sekunde gerade noch pünktlich an. Alle anderen waren schon versammelt und sahen gespannt zu Herrn von Mahlzahn und dem Pferderat.

„So", sagte Herr von Mahlzahn. „Nachdem ihr nun vollzählig seid, werde ich euch die Ergebnisse und unsere Einschätzungen verkünden." Er sah wohlwollend zum Pferderat hinüber.

„Ich gehe nicht in alphabetischer Reihenfolge vor und fange mit Lily Baker an. Lily, du machst das schon alles prima. Aufgrund deiner Körpergröße ist es fürs Erste am besten, wenn du Starbuck im Springen und in der Dressur reitest. Er ist in beiden Disziplinen gut. Außerdem wird er dein Pflegepony. Wir haben dich erst einmal in die Anfängergruppen einsortiert, mit der Option, nach ein paar Wochen im Springen zu den Fortgeschrittenen I zu wechseln. Ich möchte euch allen noch ein paar generelle Dinge zu den Anfängergruppen sagen. Dabei handelt es sich natürlich um keine wirklichen Anfänger, ihr könnt ja alle schon reiten. Wir arbeiten auf Blossom Hill auf sehr hohem Niveau. Das gilt auch für unsere Anfänger, die natürlich ebenfalls auf Turniere gehen. Es ist also nichts Unehrenhaftes daran, in dieser Gruppe zu sein."

Lily strahlte über das ganze Gesicht. Starbuck war ein Pony ganz nach ihrem Geschmack, hatte sie Rosa verraten, und sie durfte es reiten *und* pflegen.

Nach und nach teilte der Reitlehrer die Schülerinnen und Schüler in die entsprechenden Gruppen ein. Rosa wartete mit klopfendem Herzen, bis sie an der Reihe war.

„Rosalie Bennett, wenn ich mich nicht irre, und das tue ich selten, bist du die geborene Dressurreiterin. Mit Cookie hat das gut geklappt und ich war der Meinung, dass er dein Pferd werden sollte. Aber Ellie aus dem Pferderat hatte da einen interessanten Vorschlag."

Er machte eine Kunstpause und sah bedeutungsvoll zu Ellie hinüber, die wieder breit grinste.

„Sie meinte, du hättest dich mit unserer schwierigen Princess Valentine angefreundet und solltest Gelegenheit bekommen, sie mal auszuprobieren. Daher würde ich vorschlagen, dass wir uns morgen nach deinem Fachunterricht noch einmal treffen und du unsere Prinzessin reitest. Die Gruppeneinteilung nehme ich danach vor. Beim Springen bist du noch nicht ganz so weit wie in der Dressur, deshalb ist Golden Girl nichts für dich. Ellie hat vorgeschlagen, dass du ihren Dancer nimmst. Er ist ein ruhiger, verlässlicher Springer und ihr werdet im Anfängerkurs gut miteinander auskommen."

Ellie zwinkerte der strahlenden Rosa zu. Rosa konnte es kaum glauben, morgen durfte sie tatsächlich Valentine reiten! Sofort träumte sie sich auf den Rücken der hübschen Stute. Der Aufruf von Carmen brachte sie wieder zurück in die Realität.

„Carmen Rodrigues, wir fangen besser mit dem Springen an. Du und Adora, ihr seid ein eingespieltes Paar. Adora ist gut ausgebildet und du verstehst es, sie zu reiten."

Carmen sah Herrn von Mahlzahn ruhig an, ihr Gesicht zeigte keine Regung. Obwohl Rosa das Gefühl hatte, dass sie ein Lächeln unterdrückte.

„Wir waren uns alle einig, du solltest in die Gruppe für Fortgeschrittene II. Da wirst du die Jüngste sein, denn es ist absolut unüblich, in deinem Alter so hoch anzufangen."

Ein Raunen und Flüstern ging durch den Raum.

„Dennoch waren wir der Meinung, dass diese Gruppe deinen Springleistungen entspricht. Mit der Dressur sieht es allerdings anders aus. Ich möchte kein vorschnelles Urteil aussprechen, aber momentan scheint Ghazal nicht so das geborene Dressurpferd zu sein. Ihr beide gebt keine Einheit ab, zumindest war das heute nicht der Fall. Ihr werdet den Anfängerkurs besuchen. Unabhängig von den Unterrichtsstunden solltest du mit deinem Pferd trainieren. Araber sind schwierig zu reiten, wer hat denn dein Pferd ausgebildet?"

Carmen hatte schon wieder ihr trotziges Gesicht aufgesetzt und presste zwischen zusammengebissenen Zähnen hervor: „Ich."

„Oh", sagte Herr von Mahlzahn verdutzt. „Na, dann wird es vielleicht Zeit, dass er richtig ausgebildet wird, bevor es zu spät ist. Wir haben hier zwei gute Bereiter, die könnten das übernehmen."

„Niemand wird mein Pferd reiten, *nadie*. Wehe, jemand wagt es, meine Pferde anzurühren!" Carmens Gesicht rötete sich vor plötzlichem Zorn und sie starrte den Reitlehrer wütend an. „Ghazal ist gut so, wie er ist, er hat nur einfach keine Lust, in einem blöden Dressurviereck herumzulaufen. Und ich … ich habe auch verdammt noch mal keinen Bock darauf! *Entendido*?"

Wenn Carmen wütend wurde, mischten sich immer ein paar spanische Wörter in ihre Sätze.

„Liebe Carmen, jetzt werde ich dir mal etwas sagen. Du hast nur deine eigenen Befindlichkeiten im Blick, aber mir geht es um dein Pferd. Es ist heute Morgen völlig panisch herumgerannt. Du hast Ghazal nicht im Griff. Das muss sich ändern, sonst ist er eine Gefahr für alle in der Bahn. Ich erinnere dich daran, dass ihr Rosalie beinahe über den Haufen geritten habt. Wenn du eine gute Reiterin werden möchtest, dann musst du hart an dir arbeiten. Ein Verhalten wie deines dulde ich nicht. Entweder du trainierst dein Pferd anständig oder andere werden es für dich tun. Mehr habe ich dazu nicht zu sagen! Und für deine wiederholte Unhöflichkeit mir gegenüber wirst du morgen nach Schulschluss eine Stunde bei Molly in der Küche helfen!"

Es knallte laut, als Carmen aufsprang und ihr Stuhl umfiel. Und es knallte ein zweites Mal, als die Tür hinter ihr zuflog. Herr von Mahlzahn seufzte tief.

SPANISCHES TEMPERAMENT

Rosa hatte ihren Wecker für den nächsten Morgen früher gestellt, um vor Carmen ins Badezimmer zu gehen. Carmen war gestern nicht einmal zum Abendessen erschienen. Als Rosa abends ins Zimmer kam, lag ihre Mitbewohnerin schon im Bett und gab vor zu schlafen. Carmen war wirklich ein seltsames Mädchen und Rosa fragte sich zum wiederholten Mal, was eigentlich mit ihr los war. Ihre Fragen wurden noch verstärkt, als sie das Badezimmer betrat. Carmen hatte ihre zerrissenen Jeans und das alte T-Shirt offensichtlich gewaschen und zum Trocknen aufgehängt – es war wirklich unerklärlich.

Zum Frühstück gab es heute *Porridge* mit Obst. Rosa beobachtete, wie Carmen ihre Schüssel mit dem Haferbrei angewidert beiseiteschob. Nun ja, sie war selbst auch kein großer Fan davon. Nach dem Frühstück ging es für das neue *Year seven* das erste Mal in den Fachunterricht. Das Unterrichtsgebäude war im ersten Stock durch einen gläsernen Tunnel mit dem Hauptgebäude verbunden. Rosa lief mit Lily und den Zwillingen Matt und Fin durch den Glasgang. Alle bewunderten die Aussicht.

„Schaut mal, da hinten steht Starbuck!", rief Lily erfreut.

„Man kann sogar auf die Plätze sehen, da ist eine Gruppe auf dem Dressurplatz", sagte Matt.

„Die haben es gut, wir haben heute ewig Unterricht", brummte Fin.

Rosa konnte die eineiigen Zwillinge in ihren Schuluniformen kaum auseinanderhalten. Beide hatten rote Haare, grüne Augen und jede Menge Sommersprossen im Gesicht. Und gleich groß waren sie auch. Das Gesicht von Matt sah allerdings ein bisschen ernster aus, fand Rosa, daran versuchte sie, sich zu orientieren.

„Wisst ihr, wo wir hinmüssen?", fragte Rosa.

„Ja", antwortete Lily, „in den Raum 124, ist bestimmt im ersten Stock."

Die kleine Gruppe suchte die Raumnummern ab und fand schließlich das Klassenzimmer. Die Tür war geöffnet und die Ersten hatten sich schon eingefunden. Vivien, die alle nur Viv nannten, saß neben Lucy, die mit ihren Sprüchen immer für allgemeine Belustigung sorgte. Christin und Kevin hatten sich zusammen an einen Tisch gesetzt, Arthur saß noch allein. Arthur war der achtzehnte *Earl of Pemberley,* ein stiller und vornehmer Junge, der immer wie aus dem Ei gepellt aussah. Auch heute war er wieder sorgfältig frisiert und trug sogar eine

Krawatte, obwohl das für die jüngeren Schüler nicht Pflicht war.

Rosa und Lily sahen sich an, klar, sie würden sich nebeneinandersetzen! Sie suchten sich einen Tisch, von dem aus sie auf die Reitanlage schauen konnten. *Oje*, dachte Rosa, *hoffentlich kann ich mich hier konzentrieren und sehe nicht nur aus dem Fenster!*

Nach und nach füllte sich der Raum mit allen Schülerinnen und Schülern. Carmen kam wie immer als Letzte. Es war nur noch ein Platz frei – neben Arthur. Carmen hatte keine andere Wahl und setzte sich neben ihn, Arthur nickte ihr höflich zu. Die beiden bildeten einen starken Kontrast. Er war blond, blass und sorgfältig gekleidet, sie dunkelhaarig mit dunklem Teint und einer schlampig sitzenden Schuluniform.

Alle waren gespannt auf ihre Klassenleitung. Rosas Herz hüpfte vor Freude, als die junge Frau mit den langen, roten Haaren zur Tür hereinkam: Miss Fox, die ihr schon am ersten Abend so gefallen hatte. Dieser erste Eindruck bestätigte sich in der folgenden Stunde. Miss Fox war eine engagierte und freundliche Lehrerin, bei ihr hatten sie Gesellschaftskunde und Englisch. Sie erklärte ihnen noch einmal den strikten Tagesablauf auf Blossom Hill. Worauf sie achten mussten und was von ihnen erwartet wurde. Bei Problemen wäre sie die erste Ansprechpartnerin. Miss Fox versprach den Schülerinnen und Schülern, immer für sie da zu sein und ihnen zu helfen, damit sie ihr Bestes geben konnten. Danach teilte sie die Stundenpläne aus. Jahrgang sieben hatte vormittags die klassischen Unterrichtsfächer wie Mathe, Sprachen und Naturwissenschaften. Am Nachmittag fanden die verschiedenen Reitkurse statt. Außerdem gab es noch frei wählbare Kurse wie beispielsweise Theater oder Wirtschaft.

Anschließend hatten sie Mathe bei Mister Harris, dem Lehrer mit den tiefblauen Augen, mit denen er einen durchdringend mustern konnte. Schnell stellte sich heraus, dass Lily ein Mathe-Ass war, sie konnte jede Frage beantworten. Rosa war der Lehrer mit dem stechenden Blick etwas unheimlich, sie wusste selbst nicht, warum.

Nach Mathe ging es mit Französisch weiter. Mademoiselle Dupont sah aus wie am ersten Abend: grau. Rosa nahm sich vor, niemals graue Sachen zu tragen, das war einfach keine Farbe! Die Klasse bekam den Eindruck, dass die Französischlehrerin auch keinen Spaß verstand. Rosa seufzte innerlich. Sie hatte auf ihrer alten Schule als erste Fremdsprache auch schon Französisch gehabt. Das war leider nie wirklich lustig gewesen, obwohl sie ganz gut in dieser Sprache war. Warum waren bloß alle Französischlehrerinnen so, fragte sich Rosa. Ihre Mutter hatte sie oft vor Klischees und Vorurteilen gewarnt. „Du darfst nicht immer ganze Gruppen in einen Topf werfen", waren stets ihre Worte. Das sah Rosa durchaus ein, aber zumindest diese Französischlehrerin war so unangenehm wie ihr Ruf. Mademoiselle Dupont lächelte nie und sprach nur Französisch mit ihnen. Ein Schwall französischer Sätze ergoss sich über die Klasse. Rosa konnte nur Bruchstücke verstehen. Vielleicht erklärte sie ihnen, was generell in ihrem Unterricht zu tun war? Nach fünf Minuten Wortgeprassel, das die Schüler vorwiegend mit verständnislosen Gesichtern zur Kenntnis nahmen, sagte Mademoiselle Dupont spitz: „*Ouvrez votres livres à la page dix.*"

Leises Murmeln setzte ein, die Banknachbarn verständigten sich untereinander, was zu tun war. Nur Carmen nicht, sie sah einfach aus dem Fenster.

Die Lehrerin ging zu Carmen hinüber und ein weiterer französischer Wortschwall hagelte auf das Mädchen nieder. Carmen riss ihren Blick vom Fenster los. Rosa war sich sicher, dass sie nach ihren Pferden Ausschau gehalten hatte.

„*No entiendo bien francés*", antwortete ihr Carmen kühl.

Die Mitschüler hielten den Atem an, was sollte das werden?

„Wie bitte, Carmen? Ich habe dich nicht verstanden." Pikiert sah die Lehrerin auf Carmen herab, immerhin sprach sie nicht mehr Französisch.

„Sehen Sie, und ich habe Sie nicht verstanden, so ist das, wenn man eine Sprache noch nicht richtig kann."

Die Klasse musste unwillkürlich lachen, Carmen hatte allen aus der Seele gesprochen. Das Gesicht von Mademoiselle Dupont wurde allerdings noch finsterer. Carmen hatte sich soeben unbeliebt gemacht, und da sie hier keine Freunde hatte, war das sicherlich keine gute Idee.

Zufrieden mit dem Vormittag ging Rosa mit ihren Klassenkameraden zum Mittagessen auf die Terrasse. Was für ein herrlicher Tag! Es war warm, die Sonne schien und am Himmel waren einige Schäfchenwolken zu sehen. Sie setzte sich mit Lily und den Zwillingen an einen freien Tisch. Kurze Zeit später stießen Ellie und Mary zu ihnen. Die beiden waren gespannt darauf zu hören, wie die ersten Unterrichtsstunden verlaufen waren. Nachdem Miss Fox ein kurzes Tischgebet gesprochen hatte, berichteten die Jüngeren von ihrem Vormittag und der unsympathischen Französischlehrerin.

Ellie lachte. „Ja, die Dupont ist echt speziell. Seht zu, dass ihr sie nicht reizt, sonst wird es noch schlimmer. Die kann wirklich richtig fies sein."

„Oh", sagte Rosa, „Carmen hat das bereits geschafft. Für uns war es lustig, aber ich glaube, die Dupont hasst sie jetzt."

Lily erzählte den älteren Mädchen, was im Unterricht vorgefallen war.

„Aber ansonsten hat Carmen kein Wort gesagt", berichtete Matt. „Sie ist irgendwie komisch, ich werde echt nicht schlau aus ihr."

Die anderen stimmten ihm zu. Carmen saß wieder abseits, allein an einem Tisch ganz am Rand und aß lustlos ihr Essen. Heute gab es Nudeln mit Tofu-Schnitzel, Rosa hatte auch schon leckerere Speisen gegessen.

„Hey, schaut mal, da kommt Freddy, um uns ein bisschen Gesellschaft zu leisten!", rief Mary erfreut aus.

Tatsächlich, Freddy, der süße Esel, lief schnurstracks zur Terrasse. Am Rand angekommen, schaute er sich aufmerksam um. Carmen hatte ihn entdeckt und schnalzte mit der Zunge. Freddy lief geradewegs auf sie zu und stellte sich neben sie, die beiden schienen schon nähere Bekanntschaft gemacht zu haben. Kurz darauf leckte er ihr freundschaftlich quer über das Gesicht und Carmen fing an zu lachen. Sie klopfte dem Esel den Hals und redete leise mit ihm. Der Frieden wurde leider von der Küchenchefin gestört, die schimpfend und zeternd auf die Terrasse gerannt kam.

„Wirst du wohl verschwinden, du frecher Esel!", schimpfte Molly und schwang ein Handtuch. Freddy blieb ungerührt neben Carmen stehen. Daraufhin lief die Köchin mit einem Besen auf ihn zu und versuchte, ihn zu verscheuchen. Als sie dem Esel zu nahe kam, legte der plötzlich die Ohren an, schlug nach hinten aus und verfehlte sie nur um Haaresbreite. Das steigerte die Wut der Frau leider umso mehr.

„Oje", stöhnte Ellie, „nicht das schon wieder."

„Die beiden verbindet eine innige Feindschaft", erklärte Mary. „Freddy ist mal in der Küche gewesen und hat alles verwüstet und die Vorräte für mehrere Tage aufgefressen. Seitdem ist Molly nicht mehr gut auf ihn zu sprechen. Ansonsten ist sie aber voll in Ordnung."

Da sprang Carmen von ihrem Stuhl auf und warf sich vor den Esel. Sie schrie Molly auf Spanisch an und schüttelte die zur Faust geballte Hand. Erschrocken hielt die Frau inne. Bevor ein Lehrer reagieren konnte, war Ellie aufgesprungen und zwängte sich durch die Stühle und Tische hindurch, bis sie die Streithähne erreicht hatte. Sie legte Molly einen Arm um die Schultern, nahm ihr den Besen aus der Hand und redete beruhigend auf sie ein. Carmen presste wieder die Lippen zusammen, drehte sich zu Freddy um, ergriff sein Halfter und führte ihn in Richtung Stall davon. Rosa war sich sicher, dass eine Träne über ihre Wange gelaufen war. Die Küchenchefin stampfte zurück ins Haus.

„Puh", sagte Lily, „dieses spanische Temperament ist irgendwie anstrengend."

„Gut, dass du dazwischengegangen bist, Ellie. Wer weiß, was sonst noch passiert wäre", lobte Mary ihre Freundin.

„Ja, aber wisst ihr", sagte Ellie nachdenklich, „Freddy mag nicht jeden und er ist wirklich klug. Wenn er zu Carmen geht und ihr Gesellschaft leistet, dann hat das was zu bedeuten. Freddy muss etwas an ihr bemerkt haben, das wir irgendwie nicht erkennen können."

Die anderen sahen sie erstaunt an, dann nickte Mary.

„Da hast du recht, Ellie, Freddy irrt sich eigentlich nie in einem Menschen."

Am Nachmittag machte Rosa sich zum Reiten fertig und lief dann zum Stall. Puh, war das heiß heute! Sie hatte auf ihr Jackett verzichtet und zur Reithose nur ein Poloshirt mit Blossom-Hill-Wappen angezogen. Sie hoffte, dass das in Ordnung war. Am Stall angekommen, traf sie als Erstes auf Jonny, der die Stallgasse fegte.

Er grinste sie freundlich an. „Na, du reitest heute die Prinzessin, habe ich gehört?"

Rosa nickte freudig.

„Pass auf mit ihr, sie ist oft nervös und reißt sich auch gerne mal vom Anbinder los. Wenn du beim Trensen Hilfe brauchst, ich bin in der Nähe, sag einfach Bescheid."

Rosa bedankte sich und ging etwas beklommen zu Valentines Box. Leise rief sie die Stute, Valentine stellte sofort die Ohren auf und hob den Kopf. Dann schien sie einen Moment zu überlegen, bevor sie sich schließlich in Bewegung setzte und zu ihr kam. Rosa holte das Pferd aus der Box und begann mit dem Striegeln. Außerhalb ihrer Box war Valentine deutlich nervöser, ließ sich aber durch Rosas Stimme immer wieder beruhigen. Nach dem Putzen holte Rosa Sattel und Trense. Zuerst sattelte sie auf. Dabei musste sie sich ganz schön strecken, um den Sattel vorsichtig auf Valentines Rücken zu hieven. Trensen mochte Rosa nicht so gerne. Vor allem bei Pferden, die sie noch nicht so gut kannte. Sie sorgte sich dann immer, dass die Pferde sich losreißen könnten, wenn sie kurz ohne Halfter waren. Rosa legte langsam und vorsichtig die Zügel über den Kopf der Stute. Sofort spürte sie, dass Valentine das gar nicht gerne hatte.

„Ruhig, Mädchen, ich tu dir nichts. Bitte, halt still, wir sind auch gleich fertig und dann geht's raus."

Vorsichtig löste sie das Halfter, streifte es über den Kopf der Stute und versuchte, das Gebiss ins Maul zu bekommen. Sofort lief Valentine rückwärts und riss den Kopf hoch. Als die Stute den Widerstand des Halfters spürte, wurde sie panisch, schlug mit dem Kopf ein paarmal heftig nach oben und das Halfter zerriss. *Oh nein*, dachte Rosa, *jetzt rennt sie mir weg.* Panik stieg in ihr hoch. Aber dann griff eine helfende Hand nach dem Zügel, der noch um Valentines Hals lag. Jonny nahm Rosa rasch die Trense aus der Hand und ehe sie sich's versah, war ihr Pferd aufgetrenst.

„Hab mir schon gedacht, dass sie wieder spinnt. Ruf mich das nächste Mal lieber gleich." Jonny grinste sie gutmütig an.

Rosa stand mit rotem Kopf da. Wie peinlich war das denn, sie hatte es noch nicht einmal geschafft, ihr Pferd aufzutrensen – kein guter Anfang!

Etwas betreten führte sie Valentine auf den Dressurplatz, Herr von Mahlzahn wartete schon auf sie.

„Reitet euch erst einmal ein bisschen warm, dann fangen wir an. Warte, ich halte sie besser beim Aufsteigen."

Valentine hatte angefangen zu tänzeln, als Rosa die Zügel zum Aufsteigen kürzer genommen hatte. Der Reitlehrer hielt das Pferd fest, bis sie sicher im Sattel saß.

Rosa war inzwischen das Herz in die Hose gerutscht, warum hatte ausgerechnet dieses nervöse Pferd es ihr so angetan?

Aber dann wurde es besser. Sie setzte sich tief in den Sattel, hielt die Hände und Beine ganz ruhig und siehe da, Valentine beruhigte sich und marschierte mit raumgreifenden Schritten voran. Rosa sprach leise mit ihr und konnte an dem Spiel der Ohren erkennen, dass die Stute ihr zuhörte. Sie ritt ein paar Bahnfiguren im Schritt und trabte dann an, dabei achtete sie darauf, nur eine lose Verbindung zum Pferdemaul zu halten. Valentines Trab war schwungvoll und leicht, noch nie hatte Rosa auf so einem Pferd gesessen. Valentine nahm jede noch so kleine Hilfe an, sie selbst musste überhaupt nicht viel machen. Nach mehreren Handwechseln parierte Rosa zum Schritt durch und nahm vorsichtig die Zügel auf. Valentine beugte sofort elegant ihren Hals und ging am Zügel. Rosas Herz machte einen Freudensprung.

„So, dann wollen wir mal sehen, was ihr so zustande bringt, bis jetzt sieht das schon ganz gut aus."

Herr von Mahlzahn hatte ein kleines Heftchen hervorgeholt und fing an, daraus vorzulesen.

„Bei H antraben und dann durch die ganze Bahn wechseln."

Rosa befolgte alle Anweisungen und war hoch konzentriert. Sie bemerkte nicht einmal, dass ein paar Mitschüler sowie Ellie und Mary zum Reitplatz gekommen waren und zuschauten.

„Bei A angaloppieren und auf den Zirkel reiten, dann aus dem Zirkel wechseln, mit fliegendem Galoppwechsel."

„Das kann ich noch nicht!", rief Rosa erschrocken aus.

„Aber dein Pferd kann es, versuch es einfach", kam die Antwort von Herrn von Mahlzahn.

Rosa galoppierte an und lenkte Valentine auf den Zirkel, in der Mitte der Bahn versammelte sie die Stute und gab die Hilfen für den Galoppwechsel. Ohne zu zögern sprang Valentine um und galoppierte ruhig auf dem anderen Zirkel weiter.

„Na, siehst du, geht doch", sagte der Reitlehrer trocken.

Die Zuschauer am Rand applaudierten und erst in diesem Moment bemerkte Rosa sie. Ihr Herz schlug ihr bis zum Hals und sie fühlte Stolz in sich aufsteigen. Wahnsinn, zum ersten Mal in ihrem Leben hatte sie einen fliegenden Galoppwechsel geschafft – Valentine war wirklich ein tolles Pferd!

Auch den Rest der Dressuraufgaben meisterten die beiden

gut. Valentine war im Lauf der Unterrichtsstunde immer ruhiger geworden. Am Ende rief der Reitlehrer seine Schülerin zu sich in die Mitte.

„Rosalie, du hast es geschafft, dein gut ausgebildetes Dressurpferd nicht zu behindern, das war eine gute Leistung. Außerdem hast du einen guten Einfluss auf Valentine, sie war heute so ruhig wie selten. Ich muss sagen, ich bin sehr zufrieden mit dir und erlaube dir, Valentine bei den Fortgeschrittenen zu reiten. Du hast wirklich Talent und wirst in absehbarer Zeit in den nächsten Kurs wechseln können. Aber bis dahin heißt es: üben, üben, üben!“

Rosa strahlte über das ganze Gesicht, sie freute sich riesig über das Lob des Reitlehrers und bedankte sich.

Erschöpft stieg sie ab, schob die Steigbügel hoch und verließ den Reitplatz. In der Ferne bei den Weiden bog ein schlankes weißes Pferd um die Ecke. Beim Näherkommen erkannte Rosa Carmen, die sich abmühte, Ghazal zu halten, der in einem ziemlichen Tempo mit hoch aufgerichtetem Hals den Weg entlangtrabte. Herr von Mahlzahn hatte die beiden offensichtlich auch gesehen. Er rief Carmen etwas zu, sie parierte durch und ritt zu ihm. Die beiden sprachen miteinander, während Ghazal nervös von einem Bein auf das andere trat. Als Rosa Valentine in den Stall führte, lenkte Carmen ihren Araber gerade auf den Reitplatz.

Vielleicht nimmt sie jetzt ja doch zusätzlichen Unterricht mit Ghazal, dachte Rosa bei sich.

DIE WACHSRAKETE

Rosa hatte es sich inzwischen angewöhnt, morgens vor Carmen aufzustehen und ins Bad zu gehen. Regelmäßig jeden zweiten Tag hingen Carmens Jeans und das T-Shirt zum Trocknen dort. Ihr war es ein Rätsel, was Carmen damit bezweckte. Schmutzige Wäsche konnte man zu festgelegten Zeiten in den Waschsalon bringen und einige Tage später wieder abholen. Doch nach Unterrichtsschluss und am Wochenende trug Carmen immer dieselbe zerrissene Kleidung und das sorgte für einigen Gesprächsstoff unter den Mitschülern. Und offenbar nicht nur dort.

Eines Abends, als Rosa in ihr Zimmer hochgegangen war, wäre sie beinahe in ein Gespräch zwischen der Hausmutter und Carmen geplatzt. Sie hatte von drinnen Stimmen gehört und war verdutzt vor der geschlossenen Tür stehen geblieben, denn Carmen unterhielt sich eigentlich nie mit jemandem. Außer mit Herrn von Mahlzahn, der offenbar als Einziger zu ihr durchdrang, obwohl er immer sehr streng war.

„So geht das einfach nicht, Carmen, die Leute reden schon über dich. Du kannst nicht immer dieselben Sachen anziehen und dann auch noch so alte, abgetragene! Das hast du doch überhaupt nicht nötig, ich verstehe das nicht“, hörte Rosa die Hausmutter sagen, die nicht böse, sondern eher ratlos klang.

„Ich ziehe an, was mir passt, und meine Sachen sind auch nie schmutzig, ich wasche sie immer“, antwortete Carmen trotzig.

„Das weiß ich ja, Schätzchen, aber es geht trotzdem nicht. Auch nach dem Unterricht musst du dich anständig kleiden. Ganz davon abgesehen, dass du deine Schuluniform auch nicht vorschriftsmäßig trägst. Warum machst du das denn bloß?“

Rosa war in eine missliche Lage geraten, sie wollte gar nicht lauschen, aber sie wollte das Gespräch auch nicht durch ihr Eintreten unterbrechen.

„Was soll denn schon los sein mit mir! Ich bin an einen Ort geschickt worden, an dem ich nicht sein möchte. Und jetzt wird mir auch noch vorgeschrieben, was für Klamotten ich in meiner Freizeit tragen soll. Warum schmeißen Sie mich nicht einfach von der Schule, dann sind Sie mich los, *maldita sea*!“

Carmens Stimme hatte wieder diesen wütenden Klang angenommen, den inzwischen alle kannten.

„Aber Carmen, keiner möchte dich ‚los‘ sein! Und wir haben dir viel Zeit gelassen, erst einmal anzukommen. Aber dein Verhalten ist definitiv nicht tragbar. Lass mich doch einfach mal in deinen Kleiderschrank schauen, bestimmt finden wir dort etwas Brauchbares, was du anziehen kannst“, sagte die Hausmutter unbeeindruckt.

„*No, nunca*!“

Jetzt oder nie, dachte Rosa, *bevor die beiden sich richtig streiten, gehe ich wohl besser rein.* Sie öffnete schnell die Tür. Carmen stand angriffslustig vor ihrem Kleiderschrank, den die Hausmutter wohl gerne inspiziert hätte.

„Oh, hallo“, sagte Rosa, „störe ich?“

„Ausnahmsweise mal nicht“, knurrte Carmen.

Die Hausmutter seufzte, zuckte mit den Schultern und verließ das Zimmer.

Die feindselige Atmosphäre im Zimmer war für Rosa nur schwer auszuhalten. Manchmal wachte sie nachts auf und konnte nicht wieder einschlafen, so schrecklich machte ihr das zu schaffen. Alles auf Blossom Hill war so schön, sie konnte jeden Tag mit den wundervollsten Pferden verbringen und hatte schon viele neue Freunde gefunden, aber ihre Mitbewohnerin trübte diese Freude erheblich. Ihre Mutter hatte ihr angeboten, sich mit der Schulleitung in Verbindung zu setzen und um ein anderes Zimmer zu bitten, aber das wollte Rosa nicht. Irgendwie musste sie dieses Problem selbst lösen, fand sie. Alle Versuche, sich Carmen zu nähern, waren allerdings gescheitert, und das ging auch den anderen so. Der Einzige, zu dem Carmen freiwillig Kontakt aufnahm und den sie auch zu respektieren schien, war Herr von Mahlzahn. Er gab ihr zusätzlichen Unterricht mit Ghazal. Der schöne Araber war nach wie vor schwer zu bändigen und genauso wild wie seine Besitzerin.

Als Rosa morgens aufwachte, hörte sie Regen gegen das Fenster prasseln. *Gut so*, dachte sie, *es ist jetzt wirklich lange genug warm und trocken gewesen.* Die Weiden brauchten den Regen ganz dringend, sie waren schon halb verdorrt. An einem Donnerstagmorgen konnte sie eh kaum etwas erschüttern, denn sie hatte die ersten beiden Stunden Chemie bei Mister Allen. Chemie war Rosas Lieblingsfach. Sie mochte eigentlich alle naturwissenschaftlichen Fächer gerne, aber der Unterricht bei Michael Allen war etwas ganz Besonderes. Er ließ die Klasse oft experimentieren und war irgendwie anders als die anderen Lehrer. Mister Allen kümmerte sich wenig um Vorschriften und war selbst so begeistert von seinem Fach, dass er alle damit ansteckte.

Daher machten sich nach dem Frühstück die Schülerinnen und Schüler aus *Year seven* schnell auf den Weg in das Unterrichtsgebäude. Der Chemieraum war ganz modern eingerichtet: mit weißen Labortischen zum Experimentieren, die alle einen Wasseranschluss mit kleinem Becken und sogar einen Gasanschluss hatten. Der Lehrertisch vorn war aus roten, feuerfesten Kacheln. Mister Allen war schon da und hatte ein Experiment vorbereitet. Er grinste geheimnisvoll.

An der Tafel stand: DIE WACHSRAKETE.

Das klang verheißungsvoll, was damit wohl gemeint war?

Gespannt setzten sich alle auf ihre Plätze. Rosa saß auch im Fachraum neben Lily in der zweiten Reihe. Vor ihnen saß nur noch Carmen – allein. Keiner wusste, warum sie sich ausgerechnet in die erste Reihe gesetzt hatte. Sonst saß sie meistens ganz hinten.

„Ey, was steht heute wohl an?“, fragte Matt grinsend. Er und Fin saßen hinter den Freundinnen.

Lily drehte sich zu ihm um. „Was immer er vorhat, es wird bestimmt lustig!“

„Ganz schön mutig von Carmen, sich ausgerechnet bei Allen in die erste Reihe zu setzen“, ergänzte Fin lachend.

In diesem Augenblick drehte sich Carmen zu ihm um, sie hatte seine Worte gehört und ihr Gesichtsausdruck war sehr finster.

Fin schluckte. „Hey, Carmen, war nicht böse gemeint!“

„Es ist doch nur, weil man bei Allen nie weiß, was passiert und ob man vielleicht gleich angesengt wird“, kam Matt seinem Bruder zu Hilfe.

„Das habe ich gehört, Matthew! Gut, dass du Respekt vor der experimentellen Chemie hast. Aber sei unbesorgt, ich werde Carmens Haarpracht verschonen.“ Der Lehrer lachte über das ganze Gesicht, feine Fältchen zeigten sich um seine grauen Augen. Wie immer standen seine braunen Locken ziemlich wirr von seinem Kopf ab und sein Hemd war verknautscht. Rosa fand, dass er irgendwie gar nicht so recht hierher passte, die anderen Lehrer und Lehrerinnen sahen immer sehr ordentlich aus. Vielleicht aber war genau das auch ein Grund dafür, dass alle Internatsschüler ihn ziemlich cool fanden. Gerade zwinkerte er Carmen zu und entlockte ihr tatsächlich ein kleines Lächeln!

Matt versank in seinem Stuhl, merkte aber schnell, dass der Lehrer nicht sauer war, und entspannte sich wieder.

Mister Allen zog sich einen weißen Laborkittel an und setzte seine Schutzbrille auf.

„So, meine Lieben, ich werde jetzt einen Versuch machen und nehme schon mal gleich vorweg: Heute geht die Post ab!"

Ein erwartungsvolles Raunen ging durch die Klasse, alle starrten gebannt nach vorn.

„Wie ihr seht, habe ich hier einen Bunsenbrenner, um den Inhalt des Reagenzglases zu erhitzen. Ich habe ein extragroßes genommen, damit die Reaktion stärker ausfällt!"

Michael Allens eigene Begeisterung und Vorfreude waren deutlich spürbar. Er zündete den Bunsenbrenner mit einem Feuerzeug an und stellte die Flamme richtig ein, sodass sie leicht blau leuchtete.

„In das Reagenzglas habe ich Wachs von zwei schönen gelben Teelichtern gestopft, die Dochte habe ich entfernt."

Der Lehrer hielt das Reagenzglas mithilfe einer Zange in die Flamme. Es dauerte gar nicht lange und das Wachs schmolz.

„So, wenn das Wachs anfängt zu kochen, dann werde ich das Reagenzglas in das Wasserbecken neben mir halten. Und ihr beobachtet bitte genau, was passiert! Das Becken ist übrigens mit kaltem Wasser gefüllt."

„Oh, oh", entfuhr es Rosa. Das wollte er doch wohl nicht wirklich tun? Sie kannte dieses Experiment von einem YouTube-Video, das sie sich vor einiger Zeit angeschaut hatte. Dort war nur ein halbes Teelicht verwendet worden und das hatte durchaus gereicht.

„Was ist?", wisperte Lily neben ihr.

„Ob das wirklich eine gute Idee ist?", wisperte Rosa zurück.

In diesem Moment fing das Wachs langsam an zu blubbern.

„Jetzt ist es so weit!" Mit einem zufriedenen Gesichtsausdruck senkte der Lehrer das Reagenzglas ins Wasserbecken. Die Öffnung des Glases zeigte schräg von ihm weg.

Und dann ging es los. Als Erstes hörten sie einen lauten Knall, als der Boden des Reagenzglases zerbarst. Explosionsartig entfachte sich eine riesige Stichflamme und weiße Qualmwolken stiegen auf.

„Wahnsinn", murmelte Matt begeistert. Einige Schüler applaudierten.

Carmen hatte sich reflexartig nach hinten geworfen, sie war der riesigen Flamme am nächsten.

Mister Allen strahlte über das ganze Gesicht – bis der Rauchmelder anging.

„Mist", murmelte er. Vorsichtig legte er die Reste des Reagenzglases ab, eilte zu einem kleinen Kasten und knipste einen Schalter um. Der Alarm verstummte, aber das Gesicht des Lehrers hatte sich deutlich verdüstert. Kurze Zeit später wurde klar, warum. Denn die Tür flog auf und eine wütende *Headmistress* stand im Türrahmen.

„Was ist hier wieder los, Mister Allen?", schnaubte sie.

„Es ist alles in Ordnung, Mistress Thompson! Ich habe nur ein Experiment vorgeführt, bei dem Wasserdampf entstanden ist. Ich hatte Ihnen bereits bei der Einrichtung des Raumes gesagt, dass es unsinnig ist, einen Rauchmelder über dem Lehrertisch anbringen zu lassen. Bei chemischen Experimenten kann nun einmal Rauch entstehen, das lässt sich nun wirklich nicht vermeiden."

Oje, dachte Rosa, *ob das die richtige Antwort war?* Und tatsächlich verfärbte sich das Gesicht der Direktorin dunkelrot und ihre Hochsteckfrisur wippte vor unterdrückter Anspannung.

„Mister Allen, ich habe Ihnen bereits mehrere Male gesagt, dass ich keine explosiven Experimente in unserem Hause wünsche, das ist einfach zu gefährlich!"

„Bei mir ist noch nie jemand zu Schaden gekommen!", schnaubte Mister Allen unwirsch. „Man kann Chemie nicht ohne Experimente unterrichten, allein mit Büchern begeistert man niemanden dafür!"

Die Verärgerung des Chemielehrers verrauchte in dem Moment, als sein Blick auf die Wand neben der Tür fiel. Auch einige Schüler hatten es schon gesehen: Auf der frisch gestrichenen weißen Wand prangten sehr viele gelbe Wachstupfen. Die Direktorin hatte die Bescherung nur noch nicht gesehen, weil sie mit dem Rücken zur Wand stand.

Geistesgegenwärtig ergriff Mister Allen ihren Arm und bugsierte sie zur Tür hinaus.

„Liebe Mistress Thompson, wir wollen uns doch nicht vor den Schülern streiten, lassen Sie uns kurz rausgehen." Mit diesen Worten verschwanden die beiden im Flur.

Im Chemieraum wurde es sofort laut.

„Habt ihr die Stichflamme gesehen? – Wahnsinn!"

„Haha, die ganze Wand ist voller Wachs."

„Der arme Allen, das gibt bestimmt Ärger."

Carmen drehte sich zu Rosa um: „Rosa, du kennst dich doch mit Chemie aus, was ist da gerade passiert?"

Rosa war für einen Moment verdutzt, sah aber in Carmens Augen echtes Interesse.

„Hm, also zuerst ist das Reagenzglas zerbrochen, als er es in das kalte Wasser gehalten hat."

„Ja, das war der Knall. Aber warum hat sich eine Stichflamme gebildet und warum ist das Wachs überall hingespritzt? Es hätte im kalten Wasser doch abkühlen müssen." Carmen hatte ihre abweisende Art abgelegt und sah Rosa aufmerksam an.

„Dafür war es zu heiß, das Wasser ist sofort zu Wasserdampf geworden. Ich habe diesen Versuch schon mal im Internet gesehen. Da wurde erklärt, dass der Wasserdampf das Wachs im Glas hochdrückt. Es ist explosionsartig nach oben geschossen – wie eine Rakete – und auf der Wand gelandet."

„Aber warum hat es eine riesige Flamme gegeben, das verstehe ich nicht?", fragte Carmen nach.

„Puh, so genau weiß ich das auch nicht", antwortete Rosa. „Das hat irgendwas mit der großen Hitze und dem Wachs in der Luft zu tun. Und mit dem Wasserdampf überall, irgendwie entzündet sich das Ganze dann."

„Hm", nickte Carmen nachdenklich, „und der Sauerstoff in der Luft hat wahrscheinlich auch dazu beigetragen."

In diesem Augenblick kam Mister Allen sichtlich angeschlagen zurück in den Raum. Sofort hatte die gesamte Klasse Mitleid mit ihm.

„Oje“, sagte er betrübt, „wenn die Direktorin das sieht, werde ich vielleicht demnächst nicht mehr Lehrer an dieser Schule sein.“ Er betrachtete die wachsverschmierte Wand.

Da meldete sich Carmen. „Ist doch kein Problem, oder? Wir kratzen das Wachs mit einer Rasierklinge ab und streichen dann weiße Farbe drüber.“

Zustimmendes Gemurmel war zu hören. Mister Allens Miene hellte sich sichtlich auf. Er ging durch die Verbindungstür in den Vorbereitungsraum, es raschelte und klapperte und dann erschien er triumphierend mit einem Farbeimer, einem Pinsel und einer kleinen Schachtel mit Rasierklingen.

Sofort machten sich die Schüler an die Arbeit, sie kratzten das Wachs so gut es ging ab. Anschließend übermalte Carmen ziemlich geschickt die letzten Spuren.

Danach begutachteten alle das Ergebnis. Perfekt war es nicht, aber es würde hoffentlich reichen.

Mister Allen war sichtlich erleichtert und bedankte sich überschwänglich bei seinen Schülern.

„Hey, Carmen, das war wirklich eine super Idee von dir!“, sagte Rosa beim Rausgehen zu ihr.

Aber Carmen hatte wieder ihre undurchdringliche Miene aufgesetzt, jede Freundlichkeit war verschwunden.

„Ja“, sagte sie und ging an Rosa vorbei, ohne sie eines Blickes zu würdigen.

Sprachlos und traurig sah Rosa ihr hinterher. Sie hatte gehofft, dass Carmen sich nicht wieder in ihre harte Schale zurückziehen würde. Aber das war wohl vergebens gewesen.

DER AUSFLUG

Rosa wachte von allein auf und nicht vom Klingeln des Weckers, denn es war Samstag. Sie öffnete vorsichtig ein Auge und linste zu den Fenstern hinüber. Super, heute strahlte wieder die Sonne, das Licht schien schon hell durch die Vorhänge ins Zimmer.

Danach schielte sie zu Carmen hinüber – nanu, die lag ja gar nicht mehr im Bett. Das war merkwürdig, denn sonst hörte sie es immer, wenn Carmen aufstand. Heute musste sie sehr leise gewesen sein.

Vor allem an den Wochenenden vermisste Rosa ihre Familie besonders. Samstags frühstückten Mama, Annabelle und sie immer ganz in Ruhe und gingen anschließend gemeinsam einkaufen. Rosa vermisste die Geborgenheit von zu Hause. Die Gespräche mit ihrer Mutter und auch ihre kleine Schwester fehlten ihr, so nervig die auch manchmal sein konnte. Sie freute sich deshalb schon sehr auf die Herbstferien, wenn sie nach

Hause fahren und endlich ihre Mutter und ihre Schwester wiedersehen würde.

An den Wochentagen war auf Blossom Hill so viel los, dass sie keine Zeit für Heimweh hatte. Das überkam sie nur an den Wochenenden ein bisschen, aber dann ging sie meistens in den Stall zu Valentine. Dort fühlte sie sich ganz schnell getröstet und erzählte der Stute leise von ihrer Mutter und Annabelle. Valentine hielt meistens den Kopf gesenkt und hörte ihr zu. Manchmal hob die Stute ihre Nüstern an Rosas Wange und pustete sie sanft an. Diese Zuneigungsbekundungen waren glückselige Momente für Rosa. Darüber vergaß sie auch ihren kleinen Kummer mit Valentine: Sie schaffte es leider immer noch nicht, ihren Liebling aufzutrensen. Jonny hatte ihr erklärt, dass Valentine kopfscheu sei. Warum, wusste keiner so genau, aber wahrscheinlich hatte sie schlechte Erfahrungen mit ihren Vorbesitzern gemacht. Solange Rosa die Stute nicht allein trensen und satteln konnte, konnte sie nicht ihr Pflegepferd werden, das hatte Herr von Mahlzahn ihr freundlich, aber bestimmt erklärt. Dieser Kummer nagte an ihr, irgendetwas musste sie sich unbedingt einfallen lassen!

Aber heute war kein Tag zum Trübsal blasen, denn der langersehnte Ausflug in den Ort Blenham stand endlich an! Rosa freute sich schon wahnsinnig darauf, denn sie würde zum ersten Mal in einer vierspännigen Kutsche fahren. Vierspännig – das war der Hammer!

Und dann würde sie dort in Glorias Café gehen, von dem Ellie schon so geschwärmt hatte. Ellie backte und aß Kuchen für ihr Leben gern. Sie und Mary würden den gesamten siebten Jahrgang auf den Ausflug begleiten und alles zeigen, was es im Dorf zu sehen gab. Vor allem das exklusive Reitsportgeschäft: *Horse and Rider*. Das waren alles so herrliche Aussichten, dass Rosa aus dem Bett sprang und sich schnell fertig machte.

Nach dem Frühstück trafen sich alle an den Stallungen. Sie hatten noch eine Stunde Zeit, sich um ihre Pflegepferde zu kümmern. Rosa ging kurz zu Valentine und sagte ihr Guten Morgen, danach half sie Jonny, Ellie und Mary, die Kutschpferde herzurichten.

Blossom Hill war sehr stolz auf seine Kutschpferde: vier bildhübsche Friesen. Alle vier hatten ungefähr die gleiche stattliche Größe und waren von einem glänzenden Schwarz mit langer, gelockter Mähne und buschigem Schweif. Rosa war tief beeindruckt von den imposanten Tieren. Sie hatte Black Jack zum Putzen zugeteilt bekommen und reichte mit ihrem Arm kaum bis zum Rücken hoch. Vor allem das Hufeauskratzen war eine echte Herausforderung, Black Jacks Hufe waren groß wie Teller und schwer wie Blei! Bei den Hinterhufen war ihr ziemlich mulmig zumute. Sie betete inständig, dass die riesigen Hufe nicht irgendwann auf ihrem Fuß landeten. Glücklicherweise war Black Jack ein friedfertiger Genosse, der brav den Huf hochhielt, bis sie fertig war. Danach bürstete sie die lange, gelockte Mähne, die wirklich ein Traum war. Noch nie hatte sie eine Mähne gekämmt, die bis zur Schulter reichte. Anschließend musste sie an den Kopf, um den langen Schopf zu bürsten und die letzten Strohhalme zu entfernen. Bereitwillig hielt Black Jack ihr den Kopf hin. Rosa seufzte, wenn das nur mit Valentine auch so einfach wäre!

Endlich war sie fertig, stolz, alles allein geschafft zu haben. Sie drehte sich zu Ellie um, damit diese ihr Werk bewundern konnte. Ellie stand mit Jonny bei dem Friesen Lord. Sie putzte gerade den Kopf des Pferdes und Jonny hatte den Arm um ihre Schultern gelegt. Sie lachten und neckten sich. *Ups*, dachte Rosa, *hat das was zu bedeuten*?

Als hätte er ihren Blick gefühlt, drehte sich Jonny zu ihr um. „Hey, Rosa, das sieht prima aus, jetzt können wir mit dem Anspannen beginnen. Das ist immer ein ziemlicher Aufwand bei vier Pferden."

Draußen hatten zwei Stallpfleger schon die große offene Kutsche aus dem Verschlag geholt. Herr von Mahlzahn war dazugekommen, um alles zu überwachen. Den Pferden wurde das Geschirr angelegt: Trense, Bruststück und der Bauchgurt mit dem Schweifriemen. Die Siebtklässler hatten sich inzwischen alle auf dem Stallvorplatz eingefunden, um das Schauspiel zu beobachten. Vier Pferde anzuspannen, war wirklich ziemlich aufwendig. Als Erstes wurden zwei Pferde, die Stangenpferde, vor den Wagen gespannt und die Stange der Deichsel zwischen ihnen am Geschirr befestigt. Dann wurden die zwei Vorderpferde, Black Jack und Lord, davor angespannt. Zum Schluss wurden noch die Fahrleinen angelegt.

Die vier Friesen sahen inzwischen ziemlich munter aus, sie

hatten die Köpfe hoch erhoben, die Ohren spielten aufgeregt hin und her und sie traten ungeduldig von einem Bein auf das andere.

Der Reitlehrer lachte. „Na, Jungs, da freut ihr euch, dass ihr endlich wieder eine Kutsche ziehen dürft!"

Die Stallpfleger und die Zwillinge hielten jeweils ein Pferd am Zaum, damit sie ruhig stehen blieben. Jonny war mit Ellie und Mary auf den Kutschbock geklettert und nahm die Fahrleinen auf.

Als alles sortiert war, nickte Herr von Mahlzahn den Schülerinnen und Schülern zu. „Ihr könnt jetzt einsteigen."

Freudig kletterten alle in den Wagen. Sie saßen sich auf zwei langen Bänken gegenüber, die mit gemütlichen Kissen gepolstert waren.

Endlich konnte es losgehen!

„Wo ist eigentlich Carmen?", fragte der Reitlehrer.

Alle schauten in die Runde, sie war nirgends zu entdecken.

„Heute Morgen war sie schon weg, als ich aufgewacht bin. Gesehen habe ich sie eigentlich noch gar nicht", sagte Rosa.

„Ich glaube, sie ist ausgeritten, denn Ghazal ist auch nicht da", ergänzte Lily, die neben Rosa saß.

Der Reitlehrer runzelte verstimmt die Stirn, sagte aber nichts dazu.

„Jetzt geht's los", erklang Jonnys fröhliche Stimme. „Wir werden ungefähr vierzig Minuten bis zum Ort brauchen."

„Pass gut auf die Jungs auf, Jonny, du weißt, sie sind lange nicht mehr gefahren worden und sicher etwas ungestüm."

„Geht schon klar, Boss. Ich habe ja Hilfe." Er grinste die zwei Mädchen neben sich an.

Herr von Mahlzahn hob drohend seinen Zeigefinger: „Vergiss über die hübschen Mädchen ja nicht deine Pflichten als Kutscher, junger Mann!"

Trotz seiner Worte lächelte er und wandte sich seinen Zöglingen zu: „Und dass ihr euch im Ort benehmt, ich will später keine Klagen hören!"

Nach diesen Ermahnungen setzte sich die Kutsche endlich in Bewegung und verließ den Hof.

Die Kutschfahrt war wunderschön. Es ging breite Wege und Straßen entlang, an Feldern und Weiden vorbei. Das Wetter zeigte sich von seiner besten Seite, nach dem Regen der letzten Tage brachte die Sonne jetzt die Regenpfützen und das nasse Gras zum Glitzern. Bachstelzen und Spatzen badeten in den kleinen Wasserlachen am Wegesrand und flatterten schnell davon, wenn die Kutsche sich näherte. Schmetterlinge und Insekten summten herum und die Sonnenstrahlen wärmten angenehm. Rosa fühlte sich glücklich und pudelwohl zwischen Lily und Arthur.

„Sag mal, Arthur, redet Carmen eigentlich manchmal mit dir, du sitzt doch neben ihr?", wollte Rosa wissen.

Arthur zuckte mit den Schultern. „Nee, mit mir redet sie auch nicht und ich habe es wirklich versucht."

„Sie ist echt komisch", meinte Lily. „Es ist bestimmt nicht so toll, mit ihr das Zimmer zu teilen."

Rosa seufzte. „Es ist schwierig, ja, sie spricht kaum mit mir und wenn, dann ist sie unfreundlich."

„Kannst du nicht fragen, ob du ein anderes Zimmer bekommen könntest?", fragte Arthur.

„Ich weiß nicht, irgendwie ist mir das unangenehm. Außerdem hoffe ich immer noch, dass es besser wird. Letztens bei Mister Allen, nach der Wachsexplosion, war sie auf einmal ganz anders. Carmen hat irgendein Problem, deshalb benimmt sie sich so komisch."

„Na, deine Geduld möchte ich haben", mischte sich jetzt Vivien in das Gespräch ein. „Carmen ist einfach nur eine eingebildete, dumme Pute, die zu viel Geld hat. Hoffentlich fliegt sie bald von der Schule, sie ist ein richtiger Schandfleck mit ihren ollen Klamotten. Die zieht sie doch nur an, um zu provozieren."

Rosa zuckte zusammen. Sie mochte es gar nicht, wenn Menschen so unfreundlich über andere redeten. Aber bevor sie etwas sagen konnte, hatte sich schon Arthur an Vivien gewandt. „Nun mal langsam, Viv, Rosa hat es bestimmt nicht leicht mit ihr in einem Zimmer, aber du musst wirklich nicht so über Carmen reden! Unter Schandfleck verstehe ich andere Dinge."

Dankbar sah Rosa ihn an, sie mochte Arthur mit seiner ruhigen, etwas steifen Art. Noch nie hatte sie ihn schlecht oder herablassend über andere reden hören und er gab auch nie mit dem Geld seiner Eltern an, obwohl alle wussten, dass seine Familie steinreich war. Vivien hingegen war diejenige, die gerne angab und teure Markenklamotten trug.

Vivien hatte das Gesicht verzogen und offensichtlich eine Erwiderung auf der Zunge, als Ellie rief: „Schaut mal, wir sind gleich da!“

Alle Köpfe drehten sich erwartungsvoll nach vorn. Malerisch am Fluss lag der kleine Ort Blenham.

Sie parkten die Kutsche auf einem befestigten, teilweise überdachten Platz, der extra für Blossom Hill angelegt worden war. Hier konnten die Reiter ihre Pferde festbinden, wenn sie in den Ort wollten.

Jonny band die beiden Vorderpferde zwischen zwei Pfosten an und gab anschließend allen vier Friesen Heu zu fressen, später würde er sie auch noch tränken.

Die Schülerinnen und Schüler bekamen zwei Stunden Zeit, um den Ort zu erkunden und einzukaufen.

Rosa, Lily, Ellie und Mary machten sich gemeinsam auf den Weg. Die beiden Jüngeren waren schon sehr gespannt. Als Erstes ging es zu Glorias Café.

„Oh“, sagte Ellie, „ich freu mich schon so auf die beiden alten Ladys!“

Mary lachte. „Und sie werden sich über dich freuen, bist doch ihre beste Kundin!“

„Gloria und Agatha sind nicht mehr die Jüngsten. Als die beiden in Rente gegangen sind, haben sie gemeinsam ein Café in ihrem Haus eröffnet. Gloria backt alles selbst und dazu gibt es richtig guten Tee zu trinken.“ Ellie war voller Vorfreude.

Inzwischen waren sie an einem kleinen, typisch englischen

Cottage angelangt. Die Wände des Häuschens waren weiß gestrichen, Fensterrahmen und Eingangstür rosa und das Dach war reetgedeckt. Vor der Tür standen viele Blumenkübel und eine schmiedeeiserne Bank.

„Oh, wie niedlich“, entfuhr es Rosa.

„Warte erst mal ab, bis du den Garten siehst“, sagte Ellie.

Die vier Freundinnen gingen durch die offene Eingangstür nach drinnen.

„Juchhu“, rief Ellie, „ich bin wieder daha!“

„Ellie, Darling!“, rief eine dicke, grauhaarige Frau entzückt, die aus dem Garten hereingekommen war. Sie herzte Ellie und begrüßte danach die anderen.

„Schön, dass ihr da seid, Mädchen. Ab in den Garten mit euch, ich sage Gloria Bescheid.”

Ellie hatte nicht zu viel versprochen, der Garten sah herrlich aus. Überall blühten dichte Hortensienbüsche und Rosen, ein großer Walnussbaum spendete Schatten für die Tischgruppen, weiß lackierte schmiedeeiserne Tischchen und Stühle. Die Stühle hatten Sitzkissen mit Rosenmuster. Rosa setzte sich nur zu gerne. Eine weitere Frau erschien, das musste Gloria sein. Sie trug eine geblümte Schürze und sah genauso gemütlich wie Agatha aus.

„Na, ihr Hübschen, was können wir für euch tun?“, fragte sie.

„Also“, antwortete Ellie, „am besten wäre eine Auswahl, also von allem etwas, und eine große Kanne Tee, bitte.“

Gloria lachte. „So kennen wir dich, Ellie. Ist euch anderen das so auch recht?"

Alle nickten zustimmend.

Es dauerte gar nicht lange und die beiden alten Ladys kamen mit großen Tabletts nach draußen. Sie stellten eine schwere Teekanne auf den Tisch und deckten Tassen und Teller ein. Zum krönenden Abschluss platzierten sie noch zwei Etageren in der Mitte. Rosa lief das Wasser im Mund zusammen, als sie all die Köstlichkeiten auf den Stufentabletts sah: *Scones*, *Clotted Cream*, Konfitüre, kleine Eclairs sowie Kuchen- und Tortenstücke. Sogar Rosas Lieblingskuchen, *Chocolate Cake*, war dabei.

Die vier schlugen sich so richtig den Bauch voll, alles schmeckte großartig, und sie leerten gemeinsam zwei volle Teekannen.

Nachdem sie noch ein bisschen mit den alten Damen geplaudert hatten, bezahlten sie und machten sich auf den Weg zum Reitsportgeschäft.

Blenham war nicht groß und nach fünf Minuten waren sie schon angekommen. Über der Tür des kleinen Ladens hing ein Messingschild mit einer verschnörkelten Gravur: *Horse and Rider*. Im Schaufenster waren die schönsten Dinge ausgestellt. Rosa betrachtete interessiert eine Schabracke mit passenden Bandagen sowie Halfter und Führstrick – das sah schon edel aus!

„Los, rein mit euch", sagte Mary, „wir haben gar nicht mehr so viel Zeit."

Sie öffneten die Tür und ein kleines Glöckchen bimmelte. Drinnen war es unglaublich voll, die Hälfte der Blossom-Hill-Schüler hatte es offenbar hierher verschlagen. Es gab wirklich alles zu kaufen, was das Herz begehrte: Putzsachen, Bandagen, Trensen, Sättel, Halfter und noch vieles mehr. Alle bewunderten die weichen fellunterlegten Halfter und Schabracken, die in der Mitte auf einem großen Tisch auslagen. Rosa ließ ihre Hände über das kuschelige Fell einer dunkelroten Schabracke gleiten. Die würde Valentine gut stehen! Dazu gab es passende Bandagen. Vor ihrem geistigen Auge sah sie sich schon auf Valentine mit der schönen Ausrüstung reiten. Dann blieb ihr Blick am Preisschild hängen. Oh, das war aber echt teuer, das konnte sie sich niemals leisten. Schnell ließ sie die Decke wieder los.

„Hast du schon die Halfter gesehen?" Lily hatte sie beobachtet und zwinkerte ihr zu. „Die sind auch mit dem Lammfell unterlegt, kosten aber nicht das Taschengeld vom ganzen Jahr."

Gemeinsam sahen sie sich die Halfter an, zur Auswahl standen die Farben Blau, Grün, Schwarz und Dunkelrot. Rosa musste nicht lange überlegen, zu Valentines dunkelbraunem Fell passte das dunkelrote Halfter am besten und es gab sogar noch einen passenden Führstrick dazu. Der Preis war aber immer noch enorm hoch und Rosa geriet in einen inneren Zwiespalt. Für ihr Leben gerne würde sie dieses Halfter kaufen, aber sie war zur Sparsamkeit erzogen worden und machte nur ungern unnütze Ausgaben.

„Na", sagte Lily, „traust du dich nicht, so viel Geld auszugeben?"

„Nee, eigentlich nicht“, antwortete Rosa. „Ich brauche das Halfter ja nicht wirklich und ich habe ein schlechtes Gewissen, wenn ich Geld für unnütze Dinge ausgebe.“

Den letzten Satz hörte Ellie, die sich gerade zu den beiden gesellt hatte.

„Ach, Rosa“, sagte sie. „Was braucht man denn schon wirklich? Es ist nicht verboten, sich auch mal etwas Schönes zu kaufen. Du bist doch sicher kein verschwenderischer Mensch, bescheiden wie du bist. Valentine wird das Halfter super stehen, außerdem ist es genau richtig für ihren empfindlichen Kopf, so weich wie es ist. Viele Möglichkeiten, auf Blossom Hill Geld auszugeben, gibt es eh nicht.“ Lachend wandte sie sich ab, um Mary bei der Auswahl von Bandagen zu helfen.

Rosa dachte einen Moment über Ellies Worte nach und beschloss, dass ihre Freundin recht hatte. Sie nahm das Halfter mit Führstrick und ging an die Kasse. Als sie den Geldbetrag aus ihrem Portemonnaie holte und der Verkäuferin gab, klopfte ihr das Herz bis zum Hals. Noch nie hatte sie so viel Geld auf einmal ausgegeben, aber sie hatte natürlich auch noch nie ein mit Lammfell unterlegtes Halfter für ihr Traumpferd gekauft!

WILDE KUTSCHFAHRT

Sie fuhren mit der Kutsche denselben Weg zurück. Die Friesen waren munter drauf, mit gespitzten Ohren ging es im schnellen Trab Richtung Heimat, ihre langen Mähnen flatterten im Fahrtwind. Alle waren fröhlich und ausgelassen nach dem schönen Ausflug und fast jeder hatte eine rotgoldene Einkaufstüte aus dem *Horse and Rider* bei sich.

Rosa hatte die Tüte mit dem neuen Halfter auf dem Schoß liegen. Hin und wieder griff sie hinein und strich über das weiche Lammfell. Auch wenn sie immer noch ein bisschen das schlechte Gewissen plagte, überwog doch die Freude an dem Kauf. Auf Blossom Hill würde sie Valentine gleich das Halfter anlegen.

Auf einmal war ein merkwürdiges Geräusch von hinten zu hören, einige drehten den Kopf und suchten nach der Geräuschquelle. Es klang wie ein dumpfes Donnern. Etwas näherte sich ihrer Kutsche, und zwar rasant.

„Was ist das denn?“, rief Vivien erschrocken.

„Keine Ahnung“, antwortete Fin, „aber es ist verdammt schnell!“

Matt hatte sich hingestellt, um besser sehen zu können.

„Das ist ein Pferd!“, rief er.

Inzwischen waren auch die drei auf dem Kutschbock darauf aufmerksam geworden. Jonny sah sich um und ein alarmierter Ausdruck trat auf sein sonst so ruhiges Gesicht.

„Alle hinsetzen, sofort!“, rief er eindringlich.

Murrend setzten sich diejenigen wieder hin, die wie Matt aufgestanden waren.

Das Donnern wurde lauter. Die Friesen hatten es auch gehört. Sie schnaubten aufgeregt und streckten ihre Hälse nach oben. Die Ohren waren auf einmal nach hinten gestellt und die Pferde hatten mächtig an Geschwindigkeit zugelegt. Jonny hatte alle Hände voll zu tun, sie halbwegs im Trab zu halten. Sein Oberkörper war weit nach hinten gelehnt und seine kräftigen Muskeln traten an den Armen hervor, so sehr musste er an den Fahrleinen ziehen.

Und dann war das heranstürmende Pferd auch schon fast bei ihnen angekommen. Es machte keine Anstalten anzuhalten.

„Das ist Carmen!“, schrie Lily.

„Ey, bist du jetzt völlig verrückt geworden?“, brüllte Vivien.

„Halt an, Carmen!“, rief Arthur ihr zu.

„Ich glaube, Ghazal ist durchgegangen“, sagte Rosa. „Schaut doch mal ihr verängstigtes Gesicht an, und sie zieht wie wild an den Zügeln.“

Und dann war das Pferd auch schon in einem Wahnsinnstempo an ihnen vorbeigezogen.

Ein unglaublicher Ruck ging plötzlich durch die Kutsche. Ein paar Schüler purzelten von ihren Sitzen. Einige kreischten erschrocken auf und die Einkaufstüten flogen nur so umher. Rosa hielt sich mit beiden Händen an der Sitzbank fest und klemmte die Tüte zwischen die Beine.

Pferde sind Fluchttiere, wenn ein Pferd panisch an den anderen vorbeizieht, rennen sie mit. Und so war es auch mit den Friesen. Durch den wild gewordenen Ghazal aufgeschreckt, rannten sie ihm hinterher, als würde es um ihr Leben gehen. Wenn vier so kräftige Tiere durchgehen, gibt es kein Halten mehr. Die Kutschpferde stoben im gestreckten Galopp dahin, die Nüstern gebläht und mit gebleckten Zähnen. Jonny stand jetzt im Kutschbock. Wie ein Gladiator beim Wagenrennen riss und zerrte er an den Zügeln – ohne Ergebnis. Die Pferde nahmen ihn gar nicht mehr wahr und donnerten weiter über den Feldweg.

„Jonny, du musst sie anhalten. Da vorn kommt die Straße!“ Ellies Stimme war die Panik deutlich anzuhören.

Sie und Mary waren ebenfalls aufgestanden und rissen gemeinsam mit Jonny an den Zügeln, aber die Friesen kümmerten sich nicht darum, sie hatten sich festgebissen und rannten einfach weiter.

„So schaffen wir das nicht!“, schrie Mary.

Der schöne Ausflug hatte sich auf einmal in einen Horrortrip verwandelt. Entsetzt sahen die Schüler die Landschaft an sich vorbeirasen. Der Wagen rumpelte und polterte über den unebenen Feldweg, sodass sie alle Hände voll zu tun hatten, um nicht herauszufallen. Einige schrien, andere weinten, während sie hin- und hergeschleudert wurden.

„Jonny, ich hab eine Idee! Wir lenken den Wagen ins Feld, da werden sie nicht mehr so schnell vorankommen. Außerdem können sie Ghazal dann nicht mehr hinterherlaufen. Wenn wir sie reingelenkt haben und sie etwas langsamer werden, ziehst du die Bremse an, damit die Räder blockieren. Vielleicht schaffen wir es so!" Ellies Gesicht war vor lauter Anstrengung ganz verkniffen, Schweiß glitzerte auf ihrer Stirn.

„Okay", sagte Jonny, „ist einen Versuch wert. Wir müssen uns beide gleichzeitig in die linken Fahrleinen legen."

„Ich zähle bis drei", schrie Ellie. „Eins, zwei uuund drei!"

Die beiden zogen mit vereinten Kräften an den linken Leinen. Alle hielten den Atem an – würde der Plan aufgehen?

Es dauerte ein Weilchen, dann bogen die Pferde widerwillig auf das Feld ab. Ihre Hufe und die Räder der Kutsche versanken in der frisch umgepflügten Erde.

Die Friesen schüttelten ihre schwarzen Köpfe und schnaubten. Eine schwere Kutsche über einen glatten Weg zu ziehen, war eine Sache, durch den weichen Boden aber eine ganz andere. Aufgrund der Anstrengung traten die Muskeln noch mehr hervor, die vier waren inzwischen schweißgebadet und weiße, kleine Schaumfetzen flogen ihnen aus dem Maul. Endlich verlor die Kutsche etwas an Fahrt, mit angehaltenem Atem verfolgten die Mitfahrer, was passieren würde.

Ellie und Jonny hängten sich immer noch beide in die linken Fahrleinen, während Mary versuchte, die rechten zu halten und Paraden zu geben.

Die Kutsche fuhr einen weiten Bogen, fast wie auf einem Zirkel, und wurde langsamer. Die Friesen waren erschöpft und ihr Atem ging schwer und stoßweise. Nach und nach legte sich ihre Panik und Jonnys Stimme drang wieder zu ihnen durch.

„Ho, ho, gaaanz ruhig. Scheeeritt, Black Jack, Lord, gaaanz ruhig. Scheeeritt. Ho, ho."

Nach einer kleinen Ewigkeit parierten die beiden Vorderpferde durch. Jonny zog die Bremse an und brachte am Ende alle vier Pferde zum Stehen. Ellie und Mary sprangen vom Kutschbock, eilten zu den vorderen Tieren und hielten sie am Zaumzeug fest. Sie redeten beruhigend auf Black Jack und Lord ein und klopften ihnen die Hälse. Alle vier Pferde sahen erbarmungswürdig aus. Der Schweiß rann ihnen in Strömen über Hals und Kruppe und sie zitterten am ganzen Körper.

Die Schüler in der Kutsche fielen sich erleichtert in die Arme, froh, der Gefahr entkommen zu sein. Einige lachten sogar schon wieder. Den meisten stand aber der Schreck noch ins Gesicht geschrieben.

Rosa zitterten die Knie und ihr war schlecht geworden. Es wäre wohl besser gewesen, wenn sie nicht so viel Kuchen verdrückt hätte, aber wer rechnete schon mit so etwas? Sie hatte echt Angst gehabt, richtige Angst, dass die Pferde nicht mehr zum Stehen kommen und auf der Straße mit einem Auto kollidieren würden. Sie drehte sich zu Lily um, die merkwürdig gekrümmt dasaß. Sie war von der Sitzbank geschleudert worden und hockte immer noch auf dem Boden.

„Hey, Lily, alles in Ordnung mit dir?“

Lily sah zu Rosa auf und schüttelte stumm den Kopf. Mit der rechten Hand hielt sie ihren linken Arm umklammert, Tränen liefen ihr übers Gesicht.

Schnell beugte sich Rosa zu ihr hinunter und zog sie neben sich auf die Bank. „Tut dir der Arm weh?“

Lily nickte und brachte immer noch kein Wort heraus.

„Lily ist verletzt!“, rief Rosa nach vorn und legte schützend den Arm um ihre Freundin.

Sie hörte Jonny leise fluchen. Er drehte sich zu ihnen um. „Gibt es noch mehr Verletzte? Was ist mit Lily?“

„Der Arm tut ihr weh“, antwortete Rosa.

Die anderen waren zum Glück unverletzt.

„Wir müssen zum Internat zurück, damit Lily von einem Arzt untersucht werden kann. Ellie, Mary, ihr bleibt vorn bei Lord und Black Jack und führt die beiden, nicht, dass sie uns noch einmal durchgehen. Ihr anderen verhaltet euch bitte möglichst ruhig und bleibt auf euren Plätzen sitzen. In zehn Minuten sind wir zu Hause!“

Jonny löste die Bremse und schnalzte, die Pferde setzten sich langsam in Bewegung und zogen die Kutsche schnaufend wieder auf den Feldweg zurück.

Dann sahen sie schon wieder ein Pferd mit großer Geschwindigkeit, diesmal von vorn, auf die Kutsche zukommen. In gebührendem Abstand wurde es allerdings langsamer.

Es war Herr von Mahlzahn!

Mit besorgter Miene kam er auf seinem Trakehner Othello näher, bis er auf gleicher Höhe war.

„Gott sei Dank, ihr habt die Friesen unter Kontrolle, wenn die erst einmal losstürmen, gibt es kein Halten mehr. Carmen hat mich alarmiert. Sie ist gerade mit Ghazal zurückgekommen und hat mir alles erzählt."

Jonny berichtete von der wilden Fahrt über die Feldwege, von Ellies rettender Idee und wie die Kutsche endlich auf dem Feld zum Stehen gekommen war.

Dann zeigte er auf Lily. „Lily ist verletzt. Sie hat noch kein Wort geredet und muss zum Arzt, fürchte ich."

Der Reitlehrer lenkte sein Pferd zu Lily. „Hallo, Lily, was tut dir denn weh?"

Lily schaute zu ihm hoch und sagte leise: „Mein Arm tut ganz doll weh. Ich bin hingefallen, als die Pferde losgestürmt sind."

Sie nahm ihre Hand vom verletzten Arm und nun wurde sichtbar, dass er bereits angeschwollen war.

„Das wird schon wieder, Lily! Du solltest aber vorsichtshalber ins Krankenhaus, damit der Arm geröntgt werden kann." Herr von Mahlzahn sah sehr besorgt aus. Er zog ein Handy aus der Reitjacke, ließ sich etwas zurückfallen und telefonierte.

Nach zehn Minuten kamen sie tatsächlich auf Blossom Hill an. Alle waren erleichtert und stiegen schnell aus dem Wagen, nur Rosa blieb bei Lily. Herr von Mahlzahn sprang erstaunlich leichtfüßig vom Pferd, stieg in die Kutsche, hob Lily sanft hoch und trug sie vom Wagen.

Die Hausmutter kam aus dem Schloss gerannt und rief noch im Laufen: „Der Krankenwagen kommt gleich!"

Da hörten sie auch schon die Sirene und ein Krankenwagen kurvte um die Ecke. Nun ging alles ganz schnell. Die leichenblasse Lily wurde auf eine Trage gelegt und in den Krankenwagen geschoben, die Hausmutter stieg ebenfalls ein. Der Wagen wendete zügig und fuhr wieder los.

Mit grimmiger Miene wandte sich der Reitlehrer seinen Schülern zu. „Ihr habt gesehen, was passieren kann, wenn man sein Pferd nicht unter Kontrolle hat. Carmen hat euch alle in Lebensgefahr gebracht. Ich trage die Verantwortung für euch, das hätte nicht passieren dürfen. Es ist meine Schuld, dass ich geduldet habe, dass sie sich nicht an die Vorschriften hält. So kann es nicht weitergehen. Ich entschuldige mich hiermit bei euch allen."

Mit diesen Worten drehte er sich um und ging zu Jonny und den beiden älteren Mädchen.

„Das habt ihr gut gemacht, ihr drei, ich bin stolz auf euch. Ihr habt nicht die Nerven verloren und mit viel Pferdeverstand ein großes Unglück abgewendet. Ich danke euch!"

Die drei strahlten über das ganze Gesicht, so ein Lob von dem alten Lehrer, das bedeutete schon was.

„Es ist eigentlich Ellies Idee gewesen, auf das Feld zu lenken." Jonny sah Ellie bewundernd an.

Das entlockte dem Reitlehrer doch noch ein kleines Lächeln.

„Aber ohne die beiden anderen hättest du deine Idee nicht umsetzen können, nicht wahr, Ellie?" Er zwinkerte ihr zu.

„Doch jetzt müssen wir uns dringend um die Tiere kümmern, ich hoffe, sie sind unverletzt. Duscht sie mit lauwarmem Wasser vorsichtig ab. Rosa und Arthur sollen Black Jack übernehmen. Dann legt ihnen leichte Kühlbandagen an. Ich rufe den Tierarzt, er soll nachsehen, ob sie Schaden genommen haben. Um Ghazal muss er sich auch kümmern, er lahmt leicht."

Dann klopfte er den Friesen die Hälse und tastete die Beine mit routinierten Bewegungen ab.

Die anderen Ausflügler gingen noch etwas benommen zurück ins Schloss. Die meisten empfanden einen tiefen Groll gegen Carmen, die sie alle in Gefahr gebracht und Lily ins Krankenhaus befördert hatte.

DAS EIS BRICHT

Rosa saß im Bett und konnte nicht schlafen. Sie machte sich Sorgen um Lily, die aus dem Krankenhaus nicht zurückgekehrt war. Außerdem lag Carmen nicht in ihrem Bett. Sie schaute zum gefühlt hundertsten Mal auf ihre Uhr, es war jetzt fast Mitternacht. Carmen war nicht zum Essen erschienen, keiner hatte sie gesehen. Rosa wusste nicht, was sie tun sollte. Die Hausmutter war immer noch im Krankenhaus bei Lily. Rosa wollte nicht ihre Klassenlehrerin wecken gehen und Carmen noch mehr Ärger bescheren. Aber auf der anderen Seite musste natürlich jemand Bescheid wissen, wenn Carmen tatsächlich verschwunden war. Mit diesen quälenden Gedanken warf sie sich im Bett hin und her. Wo konnte Carmen stecken? Eigentlich fiel ihr nur ein Ort ein: bei Ghazal. Carmen würde bestimmt nicht ohne ihre Pferde von Blossom Hill wegrennen, und an dem wilden Araber hing sie offensichtlich ganz besonders. Rosa schaute noch einmal auf die Uhr, nach Mitternacht schon. Dann sprang sie entschlossen aus dem Bett, sie wusste jetzt, was zu tun war. Sie würde zum Stall hinübergehen und nachsehen, ob Carmen dort war. Wenn nicht, würde sie Miss Fox wecken.

Rosa schlüpfte schnell in ein paar bequeme Klamotten und nahm im Rausgehen noch ihre Jacke und eine Taschenlampe mit. Leise ging sie durch den dunklen Flur und die Treppe hinunter bis zur hinteren Tür. Hoffentlich war sie nicht abgeschlossen!

Aber sie hatte Glück. Die schwere Tür öffnete sich mit einem leisen Quietschen und sie stand auf der Terrasse. Rosa war ein wenig unwohl in ihrer Haut. Es war nicht erlaubt, nachts zu den Pferdeställen zu gehen, und dass Carmen nicht da war, hätte sie melden müssen. Aber jetzt half es nichts. Rosa lief schnell den überdachten Weg zu den Ställen entlang, der glücklicherweise von Laternen schwach beleuchtet wurde. Ein bisschen unheimlich war es trotzdem. Aus einem Gebüsch kam ein merkwürdiges Rascheln und der laute Ruf einer Eule zerriss die Nacht.

Sie war erleichtert, als sie bei den Ställen angelangt war und den vertrauten Geruch der Pferde einatmete. Sie hielt nach Valentine Ausschau – da stand die Stute mit aufgestellten Ohren und schien sie direkt anzuschauen. Rosa widerstand der Versuchung, zu ihr zu gehen, und wandte sich nach links zum Privatstall. Ganz vorsichtig öffnete sie die Tür einen kleinen Spaltbreit und schlüpfte hinein. Im Stall war es dunkler als draußen und sie blieb einen Moment stehen, bis ihre Augen sich an die

Dunkelheit gewöhnt hatten. Dann ging sie leise bis zu Ghazals Box und linste hinein.

Carmen saß mit angezogenen Knien in einer Ecke und hatte den Kopf in den verschränkten Armen vergraben, leises Schluchzen war zu hören. Ghazal stand vor ihr und hielt seinen gesenkten Kopf dicht an ihren, sein linkes Vorderbein war dick bandagiert.

Rosas Herz zog sich zusammen. Der Anblick berührte sie sehr und sie empfand auf einmal nur noch Mitleid für das wilde Mädchen mit dem ungezähmten Pferd.

„Hallo, Carmen, nicht erschrecken, ich bin es, Rosa", sagte sie leise.

„Geh weg!" Carmen hob noch nicht einmal den Kopf.

„Komm schon, es ist bereits nach Mitternacht."

Darauf bekam Rosa keine Antwort. Ohne weiter darüber nachzudenken, öffnete sie die Boxentür und setzte sich neben die zusammengesunkene Gestalt. Carmens großer Kummer war fast greifbar. Rosa entschied sich dafür, einfach erst mal nichts mehr zu sagen.

Irgendwann murmelte Carmen plötzlich mit tränenschwerer Stimme: „Es tut mir so leid!"

Und dann brach es förmlich aus ihr heraus, all die Wut, der Kummer und die Vorwürfe, die sie sich selbst machte.

„Ich bin so eine Idiotin. Ich wollte nicht mit auf den Ausflug und bin schon ganz früh mit Ghazal abgehauen. Aber wir haben uns im Wald verirrt. Ich habe Panik bekommen und Ghazal damit angesteckt. Er war supernervös und hibbelig und wir haben ewig nach dem Rückweg gesucht. Als wir endlich wieder auf dem richtigen Weg waren, habe ich ihn einfach nicht mehr halten können, er ist losgestürmt. Und als er die Kutsche gesehen hat, ist er noch schneller geworden. Er war schon immer wild, aber so habe ich ihn noch nie erlebt. Das ist alles meine Schuld, ich hätte nie so weit wegreiten dürfen. Jetzt hat er ein dickes Bein. Der Tierarzt weiß noch nicht, ob es etwas Schlimmes ist. Und Lily ist auch verletzt … Weißt du, was mit ihr ist?" Sie hob den Kopf und sah Rosa zum ersten Mal an.

„Nein, sie ist noch nicht aus dem Krankenhaus zurück und Patricia auch nicht." Rosa zuckte mit den Schultern.

„Oje, und alles nur, weil ich so dumm bin." Carmen fing wieder an zu weinen.

Ghazal pustete sie tröstend an und sie schlang die Arme um seinen Hals.

„Du bist das Einzige, was ich habe – und Adora natürlich", fügte sie schnell und ein wenig schuldbewusst hinzu.

Rosa war aber schon aufgefallen, dass sie an Ghazal besonders hing.

„Warum sind deine Pferde das Einzige, was ist denn mit deinen Eltern?", fragte Rosa nach.

„Meine Mutter ist tot und mein Vater wurde versetzt. Ich wollte mit ihm gehen und bei ihm sein, aber das wollte er nicht. Ich war darüber so wütend und auch traurig, dass ich zu ihm gesagt habe, ich würde ihn hassen. Das waren die letzten Worte, die ich mit ihm gewechselt habe. Am nächsten Morgen war er fort und ich musste nach Blossom Hill."

Carmen schluchzte noch mehr, ihr ganzer zierlicher Körper wurde davon geschüttelt.

„Und das tut mir so schrecklich leid, ich liebe ihn doch! Ich hätte ihn um Verzeihung bitten müssen, aber dazu war ich zu stolz, und jetzt hat er mich bestimmt nicht mehr lieb. Ich habe seitdem nichts von ihm gehört, nur unsere Haushälterin übermittelt mir Grüße von ihm."

„Ach was, das kommt sicher alles wieder in Ordnung", versuchte Rosa zu trösten. „Bald fangen die Herbstferien an, dann seht ihr euch."

„Nein, leider nicht. Ich muss hierbleiben, weil mein Vater nicht nach Hause kommt."

„Wo ist dein Vater denn?", erkundigte sich Rosa neugierig.

„Das weiß ich nicht so genau, irgendwo in Südamerika", flüsterte Carmen schluchzend.

Rosa legte vorsichtig einen Arm um das Mädchen, ihr Mitleid wurde immer größer. Wie einfach war dagegen ihr eigenes Leben, mit einer Mutter, die sie liebte, und der nervigen kleinen Schwester. Carmen schien schrecklich einsam zu sein.

„Bestimmt hat die Direktorin meinen Vater informiert, wie verantwortungslos ich gewesen bin. Er wird sich für mich schämen. Ich schäme mich ja selbst. Ich habe furchtbare Angst, meinen Vater auch noch zu verlieren. Deshalb wollte ich auch nicht, dass er ohne mich ins Ausland geht."

„Ach, Carmen. Es ist nicht schön, was passiert ist, das stimmt, aber du kannst es wiedergutmachen. Entschuldige dich bei deinem Vater und bei den anderen, besonders bei Lily."

„Ich weiß nicht. Nur durch eine Entschuldigung wird das bestimmt nicht wieder gut, die anderen können mich sowieso nicht leiden."

„Na, das ist ja auch kein Wunder, so wie du dich aufführst!", brummte Rosa.

„Ich weiß. Ich habe gehofft, dass sie mich rausschmeißen, wenn ich mich nur schlimm genug benehme. Aber jetzt sind alle richtig sauer auf mich. Das habe ich so nicht gewollt. Der alte Mahlzahn hat mich furchtbar zur Schnecke gemacht. Und das Schlimmste ist, dass er recht hat. Dabei ist er der Einzige, den ich mag."

Kummervoll lehnte Carmen den Kopf gegen Rosas Schulter, nach einer Weile sah sie wieder auf. „Warum bist du eigentlich hier?"

„Du lagst nicht im Bett und ich konnte deswegen nicht schlafen. Da dachte ich, vielleicht bist du bei Ghazal, und ich wollte nachschauen, bevor ich irgendwen wecke."

„Wieso bist du trotzdem so nett, obwohl ich so ätzend zu dir war?"

„Weiß nicht. Warum sollte ich nicht nett sein? Ich habe gemerkt, dass du irgendein Problem hast. Der Ärger mit deinem Vater ist natürlich eine blöde Sache, und es tut mir sehr leid, dass deine Mutter tot ist. Trotzdem finde ich, dass du es schlechter hättest treffen können, als hier auf Blossom Hill zu sein, mit zwei eigenen Pferden und so."

Darauf sagte Carmen erst einmal nichts. Die beiden saßen dicht nebeneinander auf der dicken Strohschicht und lauschten auf die Geräusche um sie herum. Einige Pferde knabberten noch ihre letzten Heureste auf, leises Malmen war zu hören. Andere gaben Schnarchgeräusche von sich oder schnaubten. Es war sehr friedlich im Stall. Ghazal stand bei ihnen und schien die ganze Zeit aufmerksam zuzuhören. Er hatte überhaupt keine Ähnlichkeit mehr mit dem wilden Tier vom Vortag.

Carmen nahm den Gesprächsfaden wieder auf.

„Na ja, irgendwie hast du recht. Mahlzahn hat mir mit Ghazal echt ganz schön geholfen. Denn seit wir auf Blossom Hill sind, ist er außer Rand und Band. Ich kann ihn kaum bändigen. Zu Hause hatten wir aber auch schon kleinere Problemchen. Ich habe ihn als Fohlen bekommen und später hat mir ein Reitlehrer beim Einreiten geholfen, aber ich bin nie wirklich gut mit ihm zurechtgekommen. Deshalb hat mir mein Vater Adora gekauft. Sie war bereits ausgebildet und mit ihr klappt alles wunderbar. Ich springe sowieso viel lieber und Araber eignen sich nicht dafür." Carmen seufzte tief. „Aber jetzt habe ich erst recht alles vermasselt. Die ganze Zeit hatte ich so eine Wut im Bauch. Meine Wut hat sogar eine Farbe. Sie ist weiß und gar nicht rot, wie man immer sagt. Wenn ich wütend bin, sehe ich eine kalte, weiße Wand. Tja, aber jetzt ist die Wut weg und mir tut alles leid. Es ist meine Schuld, dass Lily und Ghazal verletzt sind. Nun werden mich alle hassen. Allein reiten darf ich auch nicht mehr. Wenn ich mich nicht daran halte, verbieten sie mir das Reiten ganz." Carmen ließ den Kopf hängen.

Rosa wunderte sich, wie offen und ehrlich Carmen auf einmal war.

„Ich hasse dich nicht und unser Reitlehrer bestimmt auch nicht."

„Was soll ich denn jetzt bloß tun, Rosa?" Hoffnungsvoll sah Carmen sie an.

„Tja, ich weiß auch nicht so genau. Du solltest einfach freundlicher zu den anderen sein und dich nicht so absondern. Bei Lily musst du dich natürlich entschuldigen. Vielleicht kannst du ihr auch mit irgendetwas eine Freude machen. Halte dich an die Regeln, dann darfst du bestimmt auch bald wieder allein reiten. Und deinem Vater könntest du einen Brief schreiben und ihm sagen, dass du ihn lieb hast. Solche Dinge eben."

„Ja, das werde ich tun. Vielen Dank, Rosa, das war wirklich nett von dir, dass du mir zugehört hast. Jetzt fühle ich mich schon besser."

Carmen beugte sich zu Rosa und umarmte sie kurz.

Rosa wurde ganz verlegen. „Ehrlich gesagt, würde ich jetzt gerne wieder ins Bett gehen, kommst du mit?"

„Ja, ich bin total erschöpft und Hunger habe ich auch. Außer dem Frühstück habe ich heute noch nichts gegessen."

Beide standen auf und klopften sich das Stroh ab, dann verließen sie leise den Stall und gingen zurück ins Schloss.

In ihrem Zimmer verdrückte Carmen noch eine ganze Packung Kekse von Rosa. Man merkte, dass sie schon eine Weile nichts mehr gegessen hatte. Danach fielen sie in ihre Betten.

Da lagen nun beide hundemüde und erschöpft nach diesem aufregenden Tag.

In die Stille hinein sagte Carmen: „Rosa, vielen Dank, dass du mich suchen gegangen bist."

„Ist schon gut."

„Meinst du, wir könnten trotz allem jetzt noch Freundinnen werden?", fragte Carmen zaghaft und hoffnungsvoll zugleich.

„Na klar, es macht nämlich überhaupt keinen Spaß, zusammen in einem Zimmer zu wohnen und sich nicht zu mögen", antwortete Rosa erfreut.

Dann wurde es endlich leise im Zimmer und Rosa schlief mit einem wohligen Gefühl ein.

Ein Neuanfang

Als Rosa am nächsten Morgen aufwachte, spürte sie sofort, dass etwas anders war. Noch mit geschlossenen Augen überlegte sie, was es sein könnte, und dann wusste sie es: Die feindliche Atmosphäre war weg. Carmen hatte ihr gestern Nacht ihren Kummer anvertraut. Sie öffnete die Augen und sah nach ihrer Zimmergenossin. Carmen saß im Bett und lächelte sie an – unglaublich! Rosa hatte Carmen fast noch nie lächeln gesehen. Es war ein schönes Gefühl, aufzuwachen und in ein freundliches Gesicht zu schauen.

„Guten Morgen, Rosa, ich bin auch gerade erst aufgewacht."

„Guten Morgen, wie geht es dir?"

„Ach, schon besser. Ich habe mir eine Menge vorgenommen. Erst muss ich zu Ghazal und sein Bein kühlen, und heute Nachmittag werde ich meinem Vater einen Brief schreiben und ihm alles erklären. Und dann werde ich noch herausfinden, was mit Lily ist. Hilfst du mir?"

„Na klar, mache ich gerne. Zum Stall will ich auch und Valentine das neue Halfter anprobieren. Ich habe gestern eins im *Horse and Rider* gekauft, schau mal."

Rosa sprang auf, holte die Tüte und setzte sich zu ihrer Mitbewohnerin aufs Bett. Carmen sah sich das Halfter von allen Seiten ganz genau an.

„Mensch, das sieht wirklich toll aus und das Lammfell ist herrlich flauschig."

„Ja, nicht?" Rosa war sehr stolz auf das edle Teil.

„Willst du heute zuerst ins Badezimmer?"

„Ja, das ist nett."

Rosa ging ins Bad und machte sich fertig. Als sie wieder herauskam, stand Carmen mitten im Zimmer und betrachtete stirnrunzelnd ihre dreckigen Klamotten.

„So ein Mist, ich habe sie gestern nicht mehr gewaschen."

„Warum trägst du eigentlich immer dieselben Sachen?"

Carmen seufzte, ging an ihren Schrank und machte beide Türen weit auf. Im Schrank türmte sich ein riesengroßer Kleiderberg. Alles lag wild durcheinander, nichts war aufgehängt oder einsortiert worden. Nur Unterwäsche und Strümpfe lagen gesondert in Fächern.

„Deshalb! Schau doch nur, lauter scheußlicher Kram. Ich habe nicht selbst gepackt, weil ich mich geweigert habe, und daher hat das Maria getan. Und natürlich hat sie lauter Kleider eingepackt, die ich überhaupt nicht mag. Ich trage am liebsten Jeans und T-Shirt, mehr brauche ich nicht. Diese ganzen teuren Blusen und Kleider finde ich nur peinlich!"

Interessiert schaute Rosa in den Schrank – also, sie trug schon gerne mal ein hübsches Kleid.

„Wir finden bestimmt etwas, das du anziehen kannst. So, wie der Haufen aussieht, hast du dir die Sachen noch gar nicht richtig angeschaut, oder?“

Carmen grinste. „Kann schon sein.“

Rosa nahm sich ein Kleidungsstück nach dem anderen und musterte jedes. Tatsächlich waren ein paar echt scheußliche Teile dabei, Kleider und Blusen mit Rüschen, die überhaupt nicht zu Carmen passten. Dann holte sie eine Hose aus dem Stapel.

„Hier, was ist denn damit? Wir können einfach das riesige Schild auf der Hosentasche abtrennen und dann sieht die Hose aus wie ein Paar ganz normale Jeans.“

Carmen betrachtete die Hose. „Ja, das könnte gehen.“

Sie holte eine Schere aus ihrer Schublade und schnitt etwas ungeschickt das Schild ab.

„Und das Shirt hier ist doch auch ganz brauchbar.“ Rosa hatte ein rotes Oberteil aus dem Haufen gezogen.

So sichteten sie einträchtig die Kleidungsstücke, bis sie einen kleinen Stapel zusammenhatten, der Carmens Zustimmung fand.

Dann zog Rosa eine pinkfarbene Strickjacke hervor. „Oh, ist die schön.“

Carmen schüttelte den Kopf. „Das ist echt nicht meine Farbe, aber sie passt zu dir. Probier sie doch mal an.“

Rosa zog die weiche Jacke über. Sie war von einem leuchtenden Pink und hatte passende Knöpfe aus Perlmutt und kleine, aufgesetzte Taschen vorn. Rosa stellte sich vor den Spiegel. Die Jacke war wie für sie gemacht!

„Sieht toll an dir aus, Rosa, *muy bien*, ich schenk sie dir!"

„Nee, das geht doch nicht. Die war bestimmt richtig teuer und ist sogar aus Kaschmir, glaube ich."

„Ach was, nie im Leben ziehe ich eine pinke Strickjacke an. Die bleibt so lange in meinem Schrank, bis ich rausgewachsen bin. Du siehst ja, ich habe stapelweise Klamotten, die ich nie anziehe."

Rosa schaute wieder in den Spiegel, die Jacke würde hervorragend zu ihrem blauen Kleid mit den rosa Blümchen passen. Sie rang mit sich und zog dann die Jacke wieder aus.

„Das kann ich nicht annehmen, danke, Carmen. Aber vielleicht könntest du mir die Jacke immer mal ausborgen, was meinst du?"

„Gute Idee!" Carmen grinste, nahm ihr die Strickjacke aus der Hand und hängte sie in Rosas Kleiderschrank.

„Dann hast du ab jetzt eine Dauerleihgabe von mir. Und wenn du möchtest, könntest du mir dafür ab und an einen Hoodie ausborgen. Wenn es kälter wird, habe ich nämlich nur so furchtbare Wollsachen, die tierisch auf der Haut jucken, und keinen einzigen Kapuzenpulli."

„Na klar, mach ich gerne", sagte Rosa erfreut, dann wären sie ja wieder quitt.

Nach dem Frühstück gingen sie zu den Ställen. Rosa hatte ein ungutes Gefühl in der Magengrube. Ihre Mitschüler hatten sich sehr komisch verhalten. Carmen war nur mit eisigen Blicken bedacht worden – das konnte sie ja noch verstehen. Aber auch sie war komisch angesehen worden, als sie gemeinsam mit ihrer neuen Freundin auftauchte und sich mit ihr zu den anderen setzte. Vivien hatte einige unfreundliche Bemerkungen gemacht und keiner hatte Einwände erhoben. Rosa hatte den Eindruck, dass sich alle beeilten, fertig zu frühstücken, um dann eilig aufzustehen und grußlos den Tisch zu verlassen.

Carmen musste sich um Ghazals verletztes Bein kümmern. Als sie den Stall betraten, wieherte er ihr schon entgegen. Das versetzte Rosa einen kleinen Stich ins Herz – es musste toll sein, ein Pferd zu haben, das sich freute, wenn man kam. Ein eigenes Pferd war ein Traum, der für sie niemals in Erfüllung gehen konnte. Das wusste sie und normalerweise machte ihr das auch nichts aus. Dass Geld nicht unbedingt glücklich machte, sah sie ja an Carmen. Aber es wäre schön, wenn sie Valentine endlich als Pflegepferd bekommen könnte.

Carmen wickelte den Verband vom Vorderbein, Ghazal hielt die ganze Zeit den Kopf gesenkt und beobachtete sie. Er stand ganz ruhig und zog nicht ein Mal das Bein weg.

„Ah, schau mal, ist schon gar nicht mehr so heiß, und abgeschwollen ist die Sehne auch“, informierte Carmen sie.

„Woran siehst du das denn?“, fragte Rosa neugierig. Mit überanstrengten Sehnen hatte sie bis jetzt noch nichts zu tun gehabt.

Carmen zeigte auf den Beinabschnitt oberhalb des Fesselgelenks und fuhr mit der Hand an der hinteren Sehne entlang.

„Hier verlaufen die Beugesehnen. Normalerweise fühlen sie sich von außen fest, kalt und dünn an. Bei Verletzungen, Überanstrengung und Entzündungen werden sie heiß und schwellen an. Das fühlt sich dann ganz wabbelig an. Vergleiche mal das andere Vorderbein damit und taste beide ab. Dann wirst du merken, dass das linke Vorderbein sich ganz anders anfühlt und wärmer ist."

Rosa tätschelte Ghazal erst den Hals und beugte sich dann behutsam hinunter. Sie war immer lieber ein bisschen vorsichtig, wenn sie ein Pferd nicht so gut kannte. Dann tastete sie nacheinander beide Vorderbeine ab.

„Tatsächlich, du hast recht, das linke ist wärmer und die Sehne hinten ist angeschwollen."

„Ich werde einen Aufgussverband machen, das kühlt die Sehne. Der Tierarzt hat mir alles dagelassen. Er meinte gestern, wenn es heute besser sei, solle ich noch einen weiteren Tag kühlen, dann müsse er nicht noch einmal kommen. Morgen muss ich dann kontrollieren, ob Ghazal noch lahmt. Heute hat er Boxenruhe und darf nicht raus."

Aufmerksam sah Rosa zu, wie Carmen den Verband erneuerte. Sie holte Ghazal aus dem Stall und band ihn in der Stallgasse an. Anschließend wickelte sie Verbandswatte von der Fessel bis zum nächsten Gelenk und danach eine elastische Binde darüber. Dann löste sie in einem Eimer mit lauwarmem Wasser eine Tablette auf: Das Wasser verfärbte sich gelb.

„Wofür ist die?", fragte Rosa. Sie staunte, wie geschickt Carmen den Verband angelegt hatte.

„Das ist eine Rivanol-Tablette, die wirkt desinfizierend und entzündungshemmend. Kaltes Wasser würde es aber auch tun."

Vorsichtig goss Carmen die Flüssigkeit oben in den Verband hinein und im Nu färbte sich alles gelb.

„Ich muss nur aufpassen, dass ich nichts abbekomme, das Zeug färbt fürchterlich. Macht sich nicht gut auf hellen Reithosen." Sie grinste über das ganze Gesicht. „So, das war's. Jetzt werde ich ihn noch ein bisschen putzen."

„Dann gehe ich zu Valentine, das neue Halfter ausprobieren", sagte Rosa und ging zur Box ihrer Lieblingsstute.

Leise rief sie ihren Namen. Valentine blickte auf und kam zu ihr. Rosa ging zu ihr in die Box, streichelte sie ein wenig und sprach sanft mit ihr. Dann löste sie das alte Halfter und zog es Valentine über den Kopf. Die Stute legte die Ohren zurück und hob sofort ihren Kopf hoch. Rosa zeigte ihr das neue Halfter, redete beruhigend auf sie ein und versuchte, es anzulegen. Aber nichts da. Valentine reckte den Kopf so hoch, dass sie nicht herankam. Rosa merkte, dass sie ungeduldig wurde. Was war denn so schlimm daran, ein neues, weiches Halfter zu bekommen?

„Jetzt hab dich doch nicht so!", sagte sie lauter, als sie eigentlich wollte. Abrupt drehte die Stute sich um und ging auf ihren Paddock. Rosa fühlte die Enttäuschung in sich hochsteigen. Sie hatte sich so darauf gefreut, das neue Halfter auszuprobieren. Sie folgte der Stute und versuchte es noch einmal, aber Valentine machte auf dem Absatz kehrt und lief zurück in ihre Box.

„So was Dummes!", rief Rosa und stampfte mit dem Fuß auf, Tränen der Enttäuschung standen in ihren Augen.

Auf einmal war Carmen neben ihr. „Hey, was ist denn los?“

„Valentine lässt mich einfach nicht an ihren Kopf heran. Ich schaffe es noch nicht einmal, das neue Halfter auszuprobieren, vom Trensen ganz zu schweigen. Und bevor ich das nicht hinkriege, kann sie nicht mein Pflegepferd werden, aber das wünsche ich mir doch so sehr. Wahrscheinlich vertraut sie mir einfach nicht genug.“

Jetzt liefen ihr die Tränen übers Gesicht.

„Ach was, Valentine ist einfach kopfscheu, das kommt vor. Ich habe sogar mal gehört, dass diese Eigenschaft vererbt wird. Aber wahrscheinlich ist sie von einem Vorbesitzer mit der Hand am Kopf geschlagen worden. Sensibel, wie deine Prinzessin ist, kann sie das nicht vergessen und vertraut den Menschen nicht mehr so leicht.“

„Und was kann ich dagegen tun?“ Hoffnungsvoll sah Rosa sie an.

„Also, erstens solltest du ihr nicht hinterherrennen. Wie du ja weißt, sind Pferde Fluchttiere, das mögen sie nicht. Nach und nach musst du ihr Vertrauen gewinnen, das braucht Zeit. Außerdem kannst du die Verfressenheit von Pferden ausnutzen, hast du es denn schon mal mit Leckerlis versucht?“

„Nee, du weißt doch, dass wir das nicht tun sollen, weil sie so futterneidisch sind.“

Carmen zog einen Flunsch. „Also wirklich, Rosa, befolgst du immer jede Anweisung? Sie steht doch allein in ihrer Box, wer sollte denn da futterneidisch werden?“

„Hm, da hast du vielleicht recht“, stimmte Rosa ihr zu.

„*Bueno*, ich mach dir einen Vorschlag. Du lässt Valentine jetzt in Ruhe und hilfst mir stattdessen dabei, Adora zu putzen. Das machen wir ganz in der Nähe, sodass Valentine es bemerkt. Anschließend versuchen wir es noch einmal mit Leckerlis, ich habe eine große Tüte in meinem Schrank!"

Carmen strahlte sie an und Rosa fühlte sich gleich viel besser.

„Danke, Carmen, das ist eine gute Idee!"

Sie setzten den Plan in die Tat um und machten sich daran, Adora zu putzen. Sie waren so in ihre Arbeit vertieft, dass sie nicht bemerkten, dass Herr von Mahlzahn auch in den Stall gekommen war.

„Na, ihr beiden, das ist aber ein ungewohntes Bild!", bemerkte er erstaunt.

Carmen erstarrte zur Salzsäule und sah ihn schuldbewusst und befangen an.

Rosa fühlte das Unbehagen ihrer neuen Freundin und sagte betont munter: „Ja, nicht wahr?"

„Darf ich fragen, was passiert ist?", erkundigte er sich.

„Wir haben uns ausgesprochen und Carmen tut es leid, was gestern geschehen ist. Nicht wahr?"

Rosa sah Carmen auffordernd an.

Carmen räusperte sich und blickte ihrem Reitlehrer direkt in die Augen.

„Herr von Mahlzahn, es tut mir leid, wirklich. Ghazal ist durchgegangen, nachdem wir uns stundenlang im Wald verirrt hatten. Ich hab das nicht mit Absicht getan, ich ... ich konnte ihn einfach nicht mehr halten! Das war alles nicht richtig von mir, das weiß ich. So was wird auch nicht mehr vorkommen, ich verspreche es." In Carmens Stimme schwang Verzweiflung mit.

„Na, das sind ja schon mal andere Töne als gestern und Einsicht ist bekanntermaßen der erste Schritt zur Besserung. Aber der Schaden ist angerichtet. Was macht Ghazals Bein?"

„Sieht schon viel besser aus, die Schwellung ist zurückgegangen. Wissen Sie, was mit Lily ist?"

„Ja, sie hat sich den linken Arm gebrochen, glücklicherweise ist es ein glatter Bruch. Heute bekommt sie eine Gipsschale und darf dann wieder zu uns nach Hause. Aber Reiten fällt die nächsten Wochen aus. Das ist wirklich schade, die Zeit wird ihr fehlen, um sich weiter zu verbessern."

Zerknirscht schaute Carmen zu Boden. „Und das ist alles meine Schuld, es tut mir so leid."

„Das sagst du ihr am besten selbst, wenn sie wieder da ist. Ich habe gestern deinen Vater über den Vorfall informiert. Er wird als Entschädigung für alle Arztkosten aufkommen, sodass Lily die bestmögliche Behandlung erhält."

Carmens Augen weiteten sich vor Schreck und sie schluckte krampfhaft. „Was hat er gesagt?"

Der Reitlehrer sah sie aufmerksam an und sein strenger Blick wurde etwas milder.

„So genau kann ich dir das gar nicht sagen. Er war sehr aufgebracht und hat immer wieder Spanisch gesprochen, so wie du manchmal. Ich würde vorschlagen, dass ihr heute Abend telefoniert. Er hat mir eine Handynummer gegeben, unter der du ihn erreichen kannst. Ich wusste gar nicht, dass ihr seit Wochen keinen Kontakt hattet." Er sah sie fragend an.

„Ja, so ist es", erwiderte sie traurig, mehr sagte sie aber nicht dazu.

Es entstand eine kleine Pause, dann gab sich der Reitlehrer einen Ruck.

„Also, pass auf, was hältst du davon, wenn wir eine kleine Springstunde außerhalb der Reihe machen? Adora hat gestern schon gestanden, ein bisschen Bewegung wird ihr guttun."

Carmens Gesicht hellte sich ein wenig auf. „Ja, gerne, vielen Dank!"

Rosa zögerte etwas, sie wollten doch eigentlich das mit dem Halfteranlegen üben. Aber dann sagte sie: „Prima, und ich schaue zu."

FREDDY MAG KEINEN STREIT

Carmen hatte Adora auf den Springplatz geführt und warm geritten. Jetzt übte sie, den Wassergraben richtig anzureiten. Adora mochte diesen Sprung nicht so recht. Immer scheute sie vorher etwas, geriet aus dem Tritt und Carmen musste ziemlich treiben, um sie dann doch zum Springen zu bewegen. Rosa stand am Rand und sah bewundernd zu. Carmen konnte echt gut reiten! Adora und sie schienen richtig miteinander zu verschmelzen. Wenn sie selbst sprang, hatte sie immer das Gefühl, halb aus dem Sattel katapultiert zu werden. Natürlich hatte sie auch noch nie auf so einem Pferd wie Adora gesessen. Aber trotzdem, ihre Reitkünste im Springen waren davon noch Meilen entfernt.

Herr von Mahlzahn hatte Carmen vier Sprünge gezeigt, die sie nacheinander nehmen sollte. Carmen ritt an, versammelte Adora und sprang dann nach und nach über die Hürden. Am Wassergraben wollte Adora wieder ausweichen, aber Carmen ließ es nicht zu und sie sprangen mit einem riesigen, weiten Satz darüber.

„Gut gemacht, Carmen!", sagte der Reitlehrer. Rosa konnte sehen, wie Carmen sich über das Lob freute.

„Ich muss jetzt zurück zum Stall. Du kannst deine Stute noch eine halbe Stunde reiten, dann solltest du Schluss machen." Mit diesen Worten drehte der Reitlehrer sich um und ging in Richtung Stall davon.

Carmen ritt zwei Runden im Schritt und hielt dann bei Rosa an. „Möchtest du mal reiten?"

„Ich, auf deinem Pferd?", fragte Rosa verwundert.

Carmen lachte. „Auf welchem Pferd denn sonst?"

Rosa sah sie skeptisch an. „Ich weiß nicht, ich kenne Adora doch gar nicht. Aber vielen Dank für das Angebot."

„Ach was, komm schon, ich lasse sonst niemanden auf meinen Pferden reiten, aber bei dir mache ich eine Ausnahme." Carmen sprang aus dem Sattel und hielt ihr die Zügel hin.

Rosa zögerte, ob das eine gute Idee war?

„Ich hab auch meinen Helm gar nicht dabei."

Carmen nahm ihren Helm ab und hielt ihn ihr hin. „Hier, nimm einfach meinen."

Rosa war sich sicher, dass Carmen enttäuscht sein würde, wenn sie ablehnte. Also überwand sie sich, setzte den Helm auf und stieg auf das große Springpferd.

Erst war ihr ziemlich mulmig zumute, Adora hatte einen sehr raumgreifenden Schritt. Nach den ersten zwei Runden wurde sie aber sicherer, die Stute nahm jede Hilfe sofort an.

Carmen hatte sich an den Rand gestellt und gab ihr Anweisungen.

„Galoppier an und versammle sie, anschließend gehst du in den Jagdsitz."

Rosa galoppierte an. Adoras schwungvoller Gang irritierte sie anfangs. Sie musste einige Paraden geben, bis der Galopp wirklich versammelt war, dann ging sie in den leichten Sitz. Auf einmal durchwogte sie eine Welle der Freude – wie schön das war, an diesem sonnigen Sonntag auf dem Pferd ihrer neuen Freundin zu reiten. Sie schwebten geradezu über den Platz, Adora war einfach toll.

Carmens Stimme riss sie aus ihren Gedanken. „So, und jetzt nehmt ihr den kleinen Oxer dort, reite einfach gerade drauf zu und pass auf, dass sie nicht zu viel Tempo bekommt."

Sofort fuhr Rosa der Schreck in die Glieder. „Nein, Carmen, ich springe nicht so gerne."

„Aber Adora springt gerne, mach schon, von ihr kannst du eine Menge lernen, du wirst sehen."

Rosa rang mit sich. Ob ihr Reitlehrer das überhaupt gutheißen würde? Sie machte nicht gerne Dinge, die nicht erlaubt waren. Ihr Blick fiel auf den Sprung. So hoch war er gar nicht. Dann fasste sie sich ein Herz und ritt gerade auf den Oxer zu. Adoras Freude darüber war deutlich zu spüren, sie legte an Geschwindigkeit zu. Ehe Rosa sich's versah, war sie über den Sprung gefegt. Und weil die Stute schon mal dabei war, segelte sie auch noch über den zweiten ein Stück weiter.

Carmen lachte über Rosas verdutztes Gesicht.

„Sie liebt Springen und du hältst dich ganz gut. Beim nächsten Mal sollte sie aber auf dich hören und nicht umgekehrt. Du musst sie richtig versammeln und darfst dir nicht die Zügel aus der Hand nehmen lassen."

Jetzt packte Rosa der Ehrgeiz. Sie nahm die Zügel weiter auf, ritt eine große Volte und nahm dann den Sprung noch einmal. Diesmal klappte es wunderbar, sie wählte den Absprung richtig und Adora folgte ihr willig.

Carmen reckte den Daumen in die Höhe.

„Super! Und jetzt nehmt ihr die vier Sprünge dort hintereinander. Nur den Wassergraben lasst ihr besser aus."

„Die sind mir zu hoch, Carmen!"

„Ach Quatsch, das schaffst du mit Adora locker. Versuch's einfach mal!"

Carmens Zuspruch half ihr, die Angst zu überwinden. Rosa ritt an und nahm einen Sprung nach dem anderen. Mit jedem Sprung wurde sie zuversichtlicher. Die Stute nahm ihre Befehle an und Rosa schaffte es, mit jeder Bewegung mitzugehen. Nach dem letzten Sprung platzte sie fast vor Stolz.

Carmen klatschte begeistert in die Hände. „Das habt ihr beiden toll gemacht!"

„Was ist denn hier los, täuschen mich meine Augen?"

Ellies ungläubige Stimme war zu hören. Rosa war so konzentriert gewesen, dass sie überhaupt nicht gesehen hatte, wie Ellie und Mary mit Freddy im Schlepptau zum Reitplatz gekommen waren. Die drei standen hinter Carmen und hatten offenbar zugeschaut.

„Wieso darfst du das Pferd von der Wildgewordenen reiten und warum tust du das?", fragte jetzt auch Mary.

Carmens Gesicht verfinsterte sich auf der Stelle. Rosa ritt schnell zu der kleinen Gruppe hinüber, das sah verdammt nach Streit aus.

„Wer ist hier wild?", fragte Carmen mit drohender Stimme und trat an Mary heran, die sie um einen Kopf überragte.

Freddy wurde unruhig, seine Ohren zuckten hin und her und er stupste Carmen sanft an.

„Du bist die Wilde, wer sonst." Mary stach mit ihrem Zeigefinger gegen Carmens Brust. „Oder hast du das gestern vielleicht schon vergessen?"

Carmen knurrte etwas auf Spanisch und schubste Mary von sich weg. Von einem Moment auf den anderen hatte sie sich wieder in das wütende Mädchen verwandelt und stand mit geballten Fäusten da.

„Hey, lass meine Freundin zufrieden!", mischte sich jetzt Ellie ein und schubste Carmen zurück.

Das war zu viel für Freddy, er rollte mit den Augen, sodass man das Weiße sehen konnte. Er stieß ein lautes „Iaaa!" aus und zwängte sich mit angelegten Ohren zwischen die Streitenden. Dann schaute er zwischen den großen Mädchen angriffslustig hin und her.

Mittlerweile war auch Rosa bei ihnen angekommen.

„Hört sofort auf", rief sie, „ich kann alles erklären!"

„Na, da bin ich aber gespannt", sagte Ellie. Über Freddys Eingreifen musste sie wider Willen schmunzeln.

Rosa stieg schnell vom Pferd und erzählte dann, wie es zu dem Unfall gestern gekommen war. Sie schloss ihre Erklärung mit den Worten: „Carmen tut es sehr leid, was passiert ist."

Sie sah ihre neue Freundin an, die sich inzwischen wieder beruhigt hatte und Freddy den Kopf kraulte.

„Das stimmt", sagte Carmen. „Es tut mir wirklich leid, ich wollte niemanden in Gefahr bringen. Rosa hat mir erzählt, wie ihr die Kutsche zum Stehen gebracht habt. Vielen Dank dafür, sonst wäre vielleicht noch Schlimmeres passiert. Ich wollte mich auch bei euch entschuldigen, aber ich hasse es, wenn mich jemand als wild beschimpft."

„Hast ja recht", lenkte Mary ein, „ich war nur so sauer wegen gestern."

„Das verstehe ich. Ich würde es gerne wiedergutmachen, wenn ich kann."

„Ist schon okay", brummte Ellie. „Wie ich sehe, bist du um Besserung bemüht oder wie kommt es, dass Rosa auf einmal dein Pferd reiten darf?"

„Ich habe gemerkt, dass sie ein bisschen ängstlich beim Springen ist." Sie sah entschuldigend zu Rosa hin. „Da dachte ich, eine Springstunde auf Adora würde ihr guttun. Und sie ist tatsächlich ganz toll geritten."

„Das ist mir auch aufgefallen", bestätigte Ellie. „Seid ihr jetzt auf einmal Freundinnen, oder was?"

Carmen und Rosa sahen einander ein bisschen unsicher an, es war noch ein ganz ungewohntes Gefühl, aber dann nickten beide lächelnd.

„Na, das ist ja mal 'ne Überraschung", sagte Ellie und schaute von einer zur anderen. „Aber mit Sicherheit eine gute Idee, wenn man sich ein Zimmer teilt. Dann hoffe ich, dass du dich ab jetzt wohler fühlst auf Blossom Hill, Carmen."

„Ja, das hoffe ich auch", erwiderte Carmen. „Aber ich weiß nicht, ob die anderen mir verzeihen können. Vielleicht hassen sie mich jetzt erst recht."

„Ach", sagte Ellie leichthin, „das wird schon werden."

Rosa dachte an die versteinerten Mienen ihrer Klassenkameraden heute Morgen und war sich da nicht so sicher.

Die beiden Mädchen brachten Adora zurück zum Stall und Rosa wollte noch einmal zu Valentine, um sie von dem neuen Halfter zu überzeugen. Das gute Stück über dem Arm und mit vielen Leckerlis in der Tasche machte sie sich auf den Weg zur Box. Rosa öffnete die Tür, rief nach der Stute und sofort kam Valentine und stupste sie freundschaftlich an. Diesmal nahm Rosa sich noch mehr Zeit, sie redete mit ihr und kraulte die Stute hinter den Ohren. Valentine schnüffelte an dem neuen Halfter und fing nach einer Weile an, daran herumzuknabbern. *Das ist ein gutes Zeichen*, dachte Rosa. Sie nahm das Halfter in eine Hand und ein Leckerli in die andere, und zwar so, dass Valentine die Nase durch das Halfter stecken musste, um an das Futter heranzukommen. Sie konnte förmlich spüren, wie es im Kopf der Stute ratterte. Valentine machte den Hals ganz lang und schielte auf das Leckerli, das sie sehr gerne fressen wollte. Aber offenbar hatte sie die Falle erkannt. Rosa stand ganz ruhig da und redete weiter beschwichtigend auf ihren Liebling ein. „Nun komm schon, meine Schöne, dir passiert doch nichts."

Valentine trat von einem Bein auf das andere. Erst als Cookie sein Maul durch die Stäbe steckte und versuchte, an das Leckerli in Rosas Hand zu kommen, entschloss sie sich, das Halfter in Kauf zu nehmen, um an das Futter zu gelangen. Vorsichtig schob Rosa das Halfter über die Ohren der Stute und holte gleich noch ein paar Leckerlis aus ihrer Tasche.

„Braves Mädchen, gut gemacht. Siehst du, nichts ist passiert." Rosa lobte Valentine ausgiebig und klopfte ihr den Hals.

Valentine stand zufrieden mit dem neuen Halfter da und fraß. Es stand ihr wirklich gut und passte wie angegossen. Sie ließ sogar zu, dass Rosa die Schnalle ein wenig nachzog.

„Hey, sieht toll aus, hast du bestimmt gestern im *Horse and Rider* erstanden." Jonny war unbemerkt von hinten näher gekommen und stand jetzt an der Box.

Rosa strahlte. „Ja, die Farbe steht ihr echt gut, oder?"

„Auf jeden Fall, und sie hat dich an ihren Kopf gelassen, das ist ein gutes Zeichen. Es dauert immer eine lange Zeit, kopfscheuen Pferden die Angst abzutrainieren, aber du bist auf einem guten Weg. Jetzt muss ich aber nach den Friesen schauen und ihnen die Beine kühlen. Hast du Lust zu helfen?"

„Klar! Mach ich gerne und Carmen hilft bestimmt auch." Rosa sah vorsichtig zu dem Stallpfleger hinüber.

Der schnaubte geräuschvoll durch die Nase. „Die soll mir nicht unter die Augen kommen!"

„Warum? Was machst du dann mit mir?"

Carmen hatte den letzten Satz gehört. Sie kam gerade aus der Sattelkammer. Aber bevor Jonny etwas erwidern konnte, sprach sie schnell weiter.

„Hör mal, Jonny, es tut mir leid. Ich weiß, dass ich Mist gebaut und euch alle in Gefahr gebracht habe. Ghazal ist durchgegangen, ich hab ihn einfach nicht mehr halten können. Soll nie wieder vorkommen, ehrlich. Ich helfe dir natürlich gerne bei den Friesen. Ach, und ich könnte dir einen Abenddienst im Stall abnehmen. Was hältst du davon? Dann kannst du mal ausgehen oder so. Als Wiedergutmachung, *vale*?"

Aus Carmen war das alles ohne Punkt und Komma herausgesprudelt. Das Schuldbewusstsein stand ihr ins Gesicht geschrieben.

Jonny starrte sie ungläubig an. Dann fasste er sich.

„Na, das sind ja ganz ungewohnte Töne von unserer hochnäsigen *Señorita*!"

Er nahm Carmen an den Schultern und schüttelte sie leicht, aber auf seinem Gesicht war schon wieder das gutmütige Grinsen zu sehen.

„Da nehme ich dich gleich beim Wort, nächsten Freitag würde ich gerne ins Dorf in den Pub gehen. Und du übernimmst meinen Stalldienst? Fegst die gesamte Stallgasse und bereitest schon mal Futter für den nächsten Tag vor?"

„Klar, mach ich." Carmen hielt ihm feierlich ihre Hand hin. „Abgemacht!"

Jonny schüttelte ihr lachend die Hand. „Da hab ich ein gutes Geschäft gemacht."

STARBUCK IN GEFAHR!

Rosa saß im Bett, das Abendessen war ihr auf den Magen geschlagen und das lag nicht an dem gehaltvollen Braten, den es gegeben hatte. Nein, es lag an ihren Klassenkameraden. Schnell hatte es sich herumgesprochen, dass sie jetzt mit Carmen befreundet und sogar auf Adora geritten war. Wie schon beim Frühstück wurden sie und Carmen gemieden. Selbst Arthur war ihrem Blick ausgewichen und hatte sich an einen anderen Tisch gesetzt. Lily war nicht zum Abendessen erschienen. Und am Nachbartisch hatte Vivien wieder laut über Carmen gelästert.

Auch Rosa wurde von Vivien nicht verschont. „Unsere arme Stipendiatin hat jetzt wohl doch festgestellt, dass Geld nicht stinkt!“

Bei diesen unfreundlichen Worten war Rosa das Blut in den Adern gefroren. Sie wusste nicht einmal so recht, was Vivien damit meinte. Bisher hatte es nie eine Rolle gespielt, dass ihre

Mutter das teure Schulgeld nicht zahlen musste, weil Rosa ein Stipendium hatte.

Rosa seufzte, endlich wurde es zwischen ihr und Carmen besser – und jetzt das! Lange würde sie es nicht aushalten, wenn die anderen weiter so gemein waren. Sie war auf eine halbwegs friedliche Umgebung angewiesen, so viel stand fest.

Und wo war eigentlich Carmen schon wieder? Sie wollte doch nur mit ihrem Vater telefonieren. Warum dauerte das so lange, es war schon fast zehn Uhr? Am besten, sie las noch eine Weile und wartete auf Carmen, vielleicht war das Gespräch nicht gut verlaufen.

Während Rosa in ihrem Buch las und immer müder wurde, hatte Carmen wieder Zuflucht bei Ghazal gesucht. Wie Rosa vermutet hatte, war das Telefongespräch schrecklich gewesen. Die friedliche Stimmung im Stall tröstete Carmen, allerdings machte sich der Schlafmangel der letzten Nacht bald bemerkbar. Sie schlief im Sitzen ein.

Ein lautes Stöhnen hallte auf einmal durch den ruhigen Stall. Carmen schreckte hoch und war sofort auf den Beinen. Sie trat aus Ghazals Box und lauschte. Das Geräusch kam eindeutig aus dem Schulpferdebereich. Sie lief die Boxen ab und sah in jede hinein. Dann kam sie zu Starbucks Box. Das Pony lag mit aufgeblähtem Bauch im Stroh und schlug mit den Hinterbeinen gegen die Boxenwand. Ab und an stöhnte es mitleiderregend. Das waren eindeutige Anzeichen für eine Kolik.

Carmen wusste, dass Pferde sich bei einer Kolik nicht hinlegen durften, weil es dann zu schlimmen Darmverschlingungen kommen konnte. Pferde haben einen langen Darm, der in Schlaufen liegt. Kommen diese durcheinander, kann es passieren, dass sie sich ineinander verheddern. Manchmal hilft dann nur noch eine Operation, die allerdings nicht ungefährlich ist.

Starbuck schwebte in höchster Gefahr! Er lag bereits und versuchte, sich zu wälzen.

„Nein!", entfuhr es Carmen, „das darfst du nicht!" Sie zerrte an seinem Halfter – ohne Erfolg. Sie rannte los und holte einen Halfterstrick und eine Gerte. In der Sattelkammer drückte sie auf den Notfallknopf, der mit einem kleinen Zimmer verbunden war. Dort schlief immer derjenige Stallpfleger, der nachts Wache hatte.

Danach hastete sie zurück zu Starbucks Box. Beruhigend auf ihn einredend, ging sie neben seinem Kopf in die Hocke und befestigte den Karabinerhaken des Stricks am Halfter. Starbuck rollte mit den Augen, sodass das Weiße darin zu sehen war, und stöhnte wieder schwer. Carmen tastete seinen Bauch ab und legte ihr Ohr horchend daran, aber nichts war zu hören, kein einziges Darmgeräusch. Auch das war kein gutes Zeichen.

„Gleich kommt Hilfe", beruhigte sie das Pony und stand auf. „So, jetzt musst du aber dringend auf die Beine kommen, du darfst nicht rumliegen und dich wälzen!"

Carmen zog am Halfter. Starbuck hob den Kopf und sah sie an, machte aber keine Anstalten, sich zu erheben. Carmen zog und zerrte mit aller Kraft, doch das Pony blieb liegen.

„Nun komm schon, Starbuck! Los, hoch mit dir!"

Mit ganzer Kraft zog sie an dem Halfterstrick und klapste

die Gerte auf sein Hinterteil. Langsam kam Bewegung in das Pony. Erst stellte es die Vorderbeine auf und hievte dann auch das Hinterteil nach. Mit einem lauten Stöhnen kam Starbuck auf die Beine und schüttelte sich.

„Braves Pony!“ Carmen klopfte ihm erleichtert den Hals. „So, mein Guter, jetzt heißt es laufen.“

Carmen führte ihn aus der Box und die Stallgasse entlang bis in die Halle. Es war stockdunkel und sie musste das Licht einschalten. Sie schaute auf ihre Uhr. Es war schon zwei Uhr nachts.

Sie führte Starbuck Runde um Runde durch die Halle. Immer wieder wollte das Pony sich hinlegen, aber sie hinderte Starbuck daran. Durch das Laufen kam die Darmtätigkeit vielleicht wieder in Gang.

Wo blieb eigentlich der Stallpfleger? Er hätte längst da sein müssen!

Das Pony brauchte dringend ärztliche Hilfe! Starbuck wehrte sich zunehmend gegen das Laufen, er schüttelte den Kopf, stöhnte und versuchte wieder, sich hinzulegen. Aber das durfte Carmen auf gar keinen Fall zulassen. Wenn sich Starbuck wieder hinlegte, wäre er verloren.

Immer wieder musste sie die Gerte benutzen, um ihn daran zu hindern. So langsam wurden ihre Glieder schwer wie Blei, es war anstrengend, das Pony gegen seinen Willen zu führen. Carmen schaute erneut auf die Uhr, schon kurz vor drei Uhr! Wenn nicht bald jemand auftauchte, würde das Pony vielleicht nicht mehr zu retten sein.

Rosa schreckte aus dem Schlaf hoch, sie hatte einen Albtraum gehabt. Die Angst aus dem Traum war noch ganz lebendig. Sie setzte sich im Bett auf, um nicht gleich wieder einzuschlafen und möglicherweise weiterzuträumen. Langsam kam sie zu sich und sah auf die Digitalanzeige des Weckers, schon fast drei Uhr nachts. Sie musste beim Lesen eingeschlafen sein, das aufgeschlagene Buch lag noch im Bett und die Nachttischlampe brannte.

Dann fiel es ihr wieder ein: Sie hatte auf Carmen gewartet. Sie schaute zum Bett ihrer Zimmergenossin – Carmen war nicht da. Schlagartig war Rosa hellwach. So ein Mist, was stellte sie jetzt schon wieder an?!

Rosa sprang aus dem Bett und zog sich eine Jogginghose über. Zu blöd, dass sie eingeschlafen war. Noch mehr Ärger konnte die Freundin wirklich nicht gebrauchen. Hoffentlich war Carmen wieder bei Ghazal im Stall.

Draußen auf dem Hof fiel Rosa sofort die Beleuchtung in der Halle auf. Was hatte das zu bedeuten? So schnell es ging, rannte sie zur Halle und öffnete die schwere Tür. Und da war Carmen. Sichtlich erschöpft zerrte sie an Starbucks Halfter und versuchte, ihn am Hinlegen zu hindern.

„Was ist denn hier los?“, entfuhr es Rosa atemlos.

Carmens Kopf schnellte herum. „*Dios mío*, Rosa, dich schickt der Himmel. Starbuck hat eine Kolik, er darf sich nicht hinlegen, sonst stirbt er vielleicht. Obwohl ich den Notfallknopf gedrückt habe, ist keiner gekommen. Ich kann hier nicht weg und Hilfe holen, ich darf nicht mit dem Führen aufhören.“

Die Verzweiflung war ihr anzuhören.

„Ich hole Hilfe", sagte Rosa schnell. „Ich wecke Patricia, sie kann Herrn von Mahlzahn und den Tierarzt rufen. Halt noch ein bisschen aus Carmen, ich bin gleich wieder da!"

Und mit diesen Worten war sie schon aus der Halle gesaust.

Es dauerte gar nicht lange und Rosa tauchte mit Herrn von Mahlzahn wieder auf. So hatten die Mädchen ihn noch nie gesehen, völlig zerzaust und nur mit Trainingshose und -jacke bekleidet.

Der Reitlehrer strubbelte dem Pony durch die Mähne.

„Na, alter Junge, hast du dich mal wieder überfressen?"

Er tastete den Bauch ab, horchte nach den Darmgeräuschen und sein Blick wurde noch besorgter. Erst jetzt wandte er sich an Carmen. „Was war los?"

Carmen berichtete ihm, was vorgefallen war und dass sie das Pony schon seit über einer Stunde herumführte. Der Reitlehrer fragte nicht, was sie nachts im Stall zu suchen hatte, sondern lobte sie. „Das hast du genau richtig gemacht, Carmen. Gott sei Dank hast du die Kolik sofort erkannt und wusstest auch noch, was zu tun ist."

Herr von Mahlzahn nahm ihr den Führstrick aus der Hand.

„Ich mache jetzt weiter, der Tierarzt hat es nicht weit und ist bestimmt gleich da. Am besten, ihr geht wieder schlafen."

„Ich möchte gerne hierbleiben, bis der Tierarzt kommt." Carmen sah ihn bittend an.

Er nickte zustimmend und wandte sich dann dem Pony zu.

Die Mädchen gingen an den Hallenrand und Carmen ließ sich stöhnend in die Späne fallen. „Puh, bin ich erledigt."

Rosa setzte sich zu ihr. Beide saßen schweigend nebeneinander, voller Sorge um Starbuck. Keine von ihnen sprach aus, was sie dachte. Lily musste schon ihren gebrochenen Arm verkraften, nicht auszudenken, wenn jetzt auch noch ihrem Pflegepony etwas zustieße.

Keine zehn Minuten später rannte der übernächtigte Tierarzt in die Halle. Ben Cowly war ein junger Mann, der gerade erst als Arzt angefangen und nichts anderes als Pferde im Kopf hatte. Selbst Situationen wie diese, nachts zu einem kranken Pferd gerufen zu werden, konnten seiner Begeisterung nichts anhaben. Er war wirklich mit Leib und Seele Tierarzt und ging völlig in seinem Job auf. Tiere waren für ihn einfach das Wichtigste.

„Wie steht's, Eugen?", fragte Ben Cowly, kaum dass er bei dem Pony angelangt war.

„Schwere Kolik, sieht nicht gut aus", brummte der Reitlehrer.

„Wir gehen besser in die Stallgasse, da schaue ich ihn mir genauer an."

In der Stallgasse angekommen untersuchte der Tierarzt Starbuck und gab ihm eine Spritze.

„Das ist ein krampflösendes Medikament, danach wird es ihm besser gehen. Zusätzlich ist noch ein Kreislaufmittel enthalten. Das arme Tier ist völlig erschöpft."

Danach zog der Tierarzt sich lange Handschuhe an und tränkte diese mit einer öligen Flüssigkeit aus einer Flasche. Anschließend hob er die Schweifrübe hoch und steckte seinen Arm ganz tief in den After des Ponys.

Rosa musste schlucken, so etwas hatte sie noch nie gesehen, der arme Starbuck!

„Hab ich's mir doch gedacht, da sitzt was quer!"

Fast triumphierend holte der Tierarzt eine große Menge Pferdeäpfel aus dem Darm des Ponys. Als er damit fertig war, kam noch geräuschvoll ein großer Schwall Luft hinterher. Puh, das stank! Alle rümpften die Nase. Aber kurze Zeit später ging es Starbuck sichtlich besser. Er stöhnte nicht mehr und hob seinen Kopf. Der Arzt horchte noch einmal nach den Darmgeräuschen und nickte zufrieden.

„So, der Darm arbeitet wieder, der Knabe ist außer Gefahr. Jetzt darf er aber auf keinen Fall etwas fressen und muss deshalb einen Maulkorb tragen. Morgen Vormittag schaue ich noch einmal vorbei."

Ben Cowly wandte sich fragend an die Mädchen.

„Was ist eigentlich passiert? Wo ist der Stallpfleger und warum seid ihr um diese Uhrzeit nicht im Bett?"

Carmen erzählte ihm von der quälenden Stunde, in der sie Starbuck geführt, ihm gut zugeredet und vergeblich auf den Stallpfleger gewartet hatte.

„Hut ab, junge Dame, du hast sehr umsichtig gehandelt und dem Pony wahrscheinlich das Leben gerettet!"

Carmen strahlte bei dem unerwarteten Lob.

Auch Herr von Mahlzahn klopfte ihr anerkennend auf die Schulter.

„Ich bin stolz auf dich, Carmen. Aber jetzt ab ins Bett mit euch. Ausnahmsweise will ich auch nicht wissen, warum ihr euch nachts im Stall rumtreibt. Den Stallpfleger werde ich mir morgen vorknöpfen."

Die beiden Mädchen machten sich auf den Rückweg in ihr Zimmer. Carmen war wirklich total erschöpft, was nach dieser aufregenden Angelegenheit ja auch kein Wunder war.

Rosa ging es nicht anders, auch sie war müde und abgekämpft, aber auch froh, dass Carmen zur Stelle gewesen war, um Starbuck beistehen zu können.

Im Zimmer angekommen, fielen die beiden Mädchen sofort in ihre Betten und waren gleich darauf tief und fest eingeschlafen.

AUS DER GRUPPE AUSGESCHLOSSEN

Als Rosas Wecker am nächsten Morgen klingelte, schreckte sie aus tiefen Träumen hoch. Carmen war schon aufgestanden und setzte sich angezogen zu ihr auf die Bettkante.

„Guten Morgen, Rosa! Sag mal, was ich dich noch fragen wollte: Warum bist du gestern nicht schon abends nach mir schauen gekommen, sondern erst mitten in der Nacht?“

Rosa rieb sich die Augen und gähnte herzhaft, sie war noch nicht ganz wach. Erst langsam kam die Erinnerung an die Erlebnisse der Nacht zurück.

„Ich habe nach dem Abendessen auf dich gewartet, aber du bist ewig nicht aufgetaucht. Also bin ich ins Bett und habe noch gelesen, darüber bin ich wohl eingeschlafen. Als ich einen Albtraum hatte, bin ich wieder aufgewacht. Erst dann habe ich festgestellt, dass du noch immer nicht da warst, also bin ich dich suchen gegangen. Was hast du eigentlich im Stall gemacht?“

„Ach, das Telefongespräch mit meinem Vater war nicht so gut." Carmen stieß einen tiefen Seufzer aus.

Tröstend legte Rosa ihr eine Hand auf den Arm. „Was hat er denn gesagt?"

„Mein Vater ist ein stolzer Mann und ich habe ihn mit meinem Verhalten enttäuscht. Er hat nicht einmal sauer geklungen, sondern total bitter. Ich weiß echt nicht, was werden soll. Was, wenn er mir zur Strafe die Pferde wegnimmt?"

„Das kann ich mir nicht vorstellen!" Rosa versuchte, ihre Mitbewohnerin zu beruhigen. Carmen wischte sich schnell zwei Tränen aus den Augen und fuhr dann fort.

„Na, jedenfalls war ich so traurig, dass ich unbedingt zu Ghazal wollte. Dort bin ich dann eingeschlafen und erst von Starbucks Geräuschen wieder aufgewacht. Es war wirklich lieb von dir, dass du mich wieder suchen gegangen bist. Ehrlich gesagt, habe ich darauf gehofft, dass du kommst."

Carmen schwieg einen Moment verlegen, und bevor Rosa etwas erwidern konnte, sagte sie schnell: „Und dann noch was, ich wollte dich fragen, ob du vielleicht Charly zu mir sagen möchtest, so nennen mich nämlich alle meine Freunde."

„Okay, Charly, das passt auch viel besser zu dir als Carmen. Aber die nächste Nacht würde ich dann gerne mal wieder in meinem Bett verbringen, wenn es geht." Rosa lächelte ihre neue Freundin an. „Warum bist du eigentlich schon angezogen?"

Charly sprang auf. „Ach, ich muss los. Lily ist doch wieder da. Ich wollte ihr das Frühstück bringen und mich entschuldigen. Die Hausmutter hat es mir erlaubt."

Sie zeigte Rosa ein kleines Päckchen.

„Und das bringe ich ihr mit. Es ist eine ganz besondere Kardätsche aus Ziegenhaaren und Buchenholz, besonders weich. Die kann sie für Starbucks Kopf verwenden. Ich habe sie mir bestellt und noch nicht benutzt."

„Da freut sie sich bestimmt drüber. Dann wünsche ich dir viel Glück, hoffentlich ist Lily versöhnlicher als die anderen aus unserer Klasse."

Bedrückt schaute Charly zu Boden.

„Hoffe ich auch." Und mit diesen Worten verschwand sie aus dem Zimmer.

Rosa wartete nach dem Frühstück auf Charly, die mit langen Sätzen angerannt kam, denn der Unterricht fing gleich an.

„Wie ist es gelaufen?", fragte Rosa neugierig.

„Ach, *todo bien*, alles gut, Lily hat mir verziehen. Über die Kardätsche hat sie sich riesig gefreut. Sie ist mir nicht mehr böse, hat sie gesagt."

„Puh, das freut mich. Lily ist auch wirklich eine Nette. Aber jetzt müssen wir endlich los, sonst kommen wir zu spät in den Unterricht von Allen."

Die beiden Mädchen rannten den Flur entlang und witschten gerade zum Stundenbeginn durch die Tür. Der Platz, auf dem Rosa sonst neben Lily saß, war besetzt, sodass sie sich zu Charly in die erste Reihe setzen musste. Sie spürte die Feindseligkeit im Raum und sah sich um, alle blickten ernst und abweisend und tuschelten miteinander. Rosa fühlte sich ausgeschlossen. Besser, sie konzentrierte sich erst einmal auf den Unterricht.

Mister Allen kam mit strahlender Miene aus seinem Vorbereitungsraum, einen prall gefüllten Pappkarton in den Händen. Was hatte er heute wieder vor?

„Guten Morgen, meine Lieben. Als Dankeschön für die … äh, Renovierungsarbeiten letztens dachte ich, wir bereiten heute Pferdeleckerli zu. Was haltet ihr davon?"

Bei diesen Worten erntete er stürmische Begeisterung, die eisige Stimmung in der Klasse schmolz deutlich dahin.

„Ich habe ein Rezept mitgebracht, das gut funktioniert und auch zeitlich hinhaut. Wir werden gemeinsam eine große Menge Leckerlis herstellen, die wir im Trockenschrank trocknen. Heute Abend werde ich alles in kleine Tütchen abfüllen, die ihr euch morgen abholen könnt. Arthur, komm doch bitte nach vorn und pack die Kiste mit den Zutaten aus."

Arthur kam zum Lehrertisch und hielt beim Auspacken die Zutaten in die Höhe und las die Etiketten vor.

„Also, hier hätten wir Mohrrüben, Äpfel, Leinsamen, Haferflocken und Kräutertee. Dann gibt es noch viele Reiben, Schüsseln und Holzlöffel."

„Vielen Dank, Arthur. Wie ihr seht, habe ich die Küche geplündert und mir den Zorn von Molly zugezogen. Jetzt können wir uns an die Arbeit machen. Eine Gruppe raspelt die Möhren, eine andere die Äpfel, bitte auch den Saft auffangen, den brauchen wir noch. Die dritte Gruppe macht sich daran, Haferflocken, Leinsamen und Kräutertee miteinander zu vermischen. Auf Zucker habe ich verzichtet, soll nicht gut für die Pferde sein, hab ich gehört." Michael Allen grinste jungenhaft.

Schnell hatten sich Gruppen gebildet und die Schülerinnen und Schüler fingen an zu arbeiten. Mit Rosa und Charly aber wollte niemand in einer Gruppe sein, also fingen sie schweigsam zu zweit an, die Zutaten zu vermischen.

Dem Lehrer fiel sofort auf, dass etwas nicht stimmte.

„Hier bei Rosalie und Carmen fehlen noch ein paar Mitstreiter. Bitte achtet darauf, dass die Gruppen ungefähr gleich groß sind."

Keiner machte Anstalten, zu den beiden Mädchen zu wechseln. Mister Allen sah sich verwundert um. „Ah, die Kutschfahrt ist wohl noch nicht verdaut. Da sollte wohl mal ein Klassenrat veranstaltet werden. Ich sage der Klassenlehrerin nachher Bescheid", murmelte er in sich hinein. „Arthur und die Zwillinge, helft ihr bitte bei den beiden Mädchen mit?"

Die Jungen kamen ohne zu murren herüber. Sie schienen mit den Mädchen kein echtes Problem zu haben.

Nachdem alles geraspelt war, wurden die Zutaten in einer großen Schüssel vermischt.

„Auf die Konsistenz, also die Beschaffenheit, kommt es an", erklärte der Lehrer. „Der Teig darf nicht zu flüssig und nicht zu fest sein. Der Leinsamen fängt an zu schleimen, wenn er mit Flüssigkeit in Berührung kommt, dafür sind die Äpfel und Möhren da. Der Schleim wirkt wie ein Kleber und sorgt dafür, dass die einzelnen Bestandteile zusammenhalten."

„Reicht das so?", fragte Matt.

Michael Allen besah sich den Teig. „Ich würde noch ein kleines bisschen mehr Apfel dazutun."

Am Ende hatten sie eine große Menge zähen Teigs, der herrlich nach Äpfeln und Kräutern duftete. Daraus formten sie kleine Bällchen, die sie auf mit Backpapier versehene Bleche legten. Diese schoben sie dann im Vorbereitungsraum in einen großen Trockenschrank bei achtzig Grad.

„Warum werden aus dem weichen Teig eigentlich feste Pferdeleckerli?", fragte der Lehrer.

Rosas Arm schnellte sofort in die Höhe.

„Ach natürlich, unsere Streberin schon wieder", zischte Vivien leise.

Rosa zuckte zusammen, bisher hatte sie auf Blossom Hill noch keine bösen Worte über ihre guten Schulleistungen gehört. Warum war Vivien so gemein? Die Jungs in ihrer Gruppe waren vielleicht nicht sehr gesprächig gewesen, aber auch nicht abweisend.

„Das habe ich gehört, Vivien! Du bleibst bitte nach dem Unterricht da, damit wir ein Gespräch unter vier Augen über den respektvollen Umgang miteinander führen können! Du weißt doch, dass Leistung und Umgangsformen auf Blossom Hill an erster Stelle stehen!"

Die Augen des Lehrers funkelten zornig, so hatte Rosa ihn noch nie gesehen. Vivien sackte mit rotem Kopf in sich zusammen und sprach für den Rest der Stunde kein Wort mehr.

„So, und jetzt zu deiner Antwort, Rosalie. Was meinst du?"

„Ich denke, die Flüssigkeit aus den Äpfeln und Mohrrüben

verdunstet im warmen Trockenschrank. Durch den Leinsamen werden die Zutaten miteinander verklebt, sodass sie im trockenen Zustand nicht auseinanderfallen."

„Prima, Rosalie, dann hoffen wir mal, dass das auch wirklich so passiert und wir am Ende nicht lauter Brösel haben. Wichtig ist noch, dass ihr die Leckerlis erst verfüttert, wenn sie vollständig durchgetrocknet sind. Also nicht vor übermorgen."

Beim Mittagessen auf der Terrasse saßen Rosa und Charly gemeinsam mit Ellie und Mary an einem Tisch. Es war ein herrlicher Spätsommertag mit viel Sonne und milden Temperaturen. Am Nachmittag hatten sie noch Dressurunterricht in kleinen Gruppen auf dem Platz. Normalerweise freute sich Rosa immer darauf, aber heute war sie bedrückt. Die beiden Jüngeren erzählten am Tisch von der unguten Stimmung in der Klasse und sie beratschlagten, was sie dagegen tun konnten.

„Du musst dich entschuldigen, Carmen!", fand Ellie.

„*Nada*! Weißt du, was die über mich sagen? Lauter fiese Sachen, bei denen entschuldige ich mich nicht!" Charlys Augen fingen schon wieder an, gefährlich zu blitzen, und sie ballte wütend eine Hand zur Faust.

„Carmen, das ist blöd, klar, aber du musst die anderen auch verstehen. Ich war selbst auf der Kutsche, das war wirklich ein Schock." Ellie sah sie streng an. „Bei uns beiden hast du dich außerdem doch auch entschuldigt."

„Und denk bitte auch an Rosa, die bekommt den Ärger ja auch ab", ergänzte Mary.

Charly seufzte. „Ihr habt ja recht, aber wie soll ich das denn anstellen, die verzeihen mir das nie!"

Alle überlegten, die Sache war wirklich knifflig.

„Ich hab eine Idee", sagte Rosa schließlich. „Du könntest etwas für die Klasse tun, sodass alle Spaß haben. Um es ein bisschen wiedergutzumachen."

„Richtig, aber was?", fragte Ellie.

„Ich hab's!", rief Charly. „Ein spanisches Fest! Mit spanischem Essen und Girlanden und all so 'nem Zeug."

„Gute Idee", sagte Ellie, „dann gibt's endlich mal Essen, das schmeckt und nicht nur gesund ist."

Sie stocherte lustlos in ihren trockenen Vollkornnudeln herum.

Von diesem Einfall waren alle vier begeistert und schon fingen sie an, gemeinsam Pläne zu schmieden. Nun musste die Klasse die Entschuldigung nur noch annehmen.

Dieses Ziel schien angesichts der unfreundlichen Mienen der Mitschüler auf dem Dressurplatz allerdings noch meilenweit entfernt. Und das verdarb Rosa sogar den Spaß am Reiten. Sie gehörte mit Valentine zu den Fortgeschrittenen. Ihre Gruppe wurde heute von Emily Turner unterrichtet, einer jungen Reitlehrerin, die noch nicht lange auf Blossom Hill war.

Charly auf Ghazal ritt zusammen mit anderen Dressur-Anfängern, die von Herrn von Mahlzahn unterrichtet wurden. Ghazal war wie immer etwas nervös, zumal er nur im Schritt geritten werden durfte, um sein inzwischen wieder abgeschwollenes Bein nicht zu überanstrengen. Die anderen ritten übertriebene Bogen um sie herum, als würde Ghazal gleich explodieren. Ab und an zischte Charly auch jemand eine unfreundliche Bemerkung zu, sie solle doch gefälligst Platz machen und Ähnliches. Charly ertrug dies schweigend und mit versteinerter Miene.

Herr von Mahlzahn spürte die schlechte Stimmung und es war nicht zu übersehen, dass die anderen Charly mieden.

Dann gab es durch Lily und Starbuck ein wenig Ablenkung. Lily durfte zwar nicht reiten, aber Führen ging schließlich auch mit einem Arm! Starbuck trug einen weißen Eimer mit Löchern über seinem Maul, der am Halfter befestigt war, damit er nicht fressen konnte. Er sah aber schon wieder ganz munter aus und lief freudig neben Lily her.

Lily stellte sich an die Bande, um den anderen beim Reiten zuzusehen. Charly hielt bei ihr an, um sich gleich nach Starbuck zu erkundigen.

„Dem geht es schon wieder ganz gut, keine Sorge!“, sagte Lily lachend.

Ghazal hasste nichts so sehr wie still zu stehen und fing sofort an zu tänzeln.

„Hey, du Irre, mach mal mit deinem Verrückten den Hufschlag frei!“ Vivien war auf Calypso von hinten angetrabt gekommen. Schnell lenkte Charly ihr Pferd ein Stück zur Seite.

Wie vom Donner gerührt sah Lily Vivien an. Da sie wegen ihres gebrochenen Arms noch nicht im Unterricht gewesen war, hatte sie die schlechte Stimmung nicht mitbekommen.

„Wie redest du denn mit Carmen?“, fragte sie entsetzt und warf Vivien einen entgeisterten Blick zu.

„Wie soll ich schon mit ihr reden? Hast du vielleicht vergessen, wer für deinen Gips verantwortlich ist?“ Vivien hatte lauter gesprochen als beabsichtigt.

„Aber das hat sie doch nicht mit Absicht getan, Viv!“ Lily war ganz aufgeregt. „Außerdem hat sie sich bei mir entschuldigt. So etwas kann doch mal passieren, mir sind auch schon Pferde durchgegangen, dir etwa nicht?“

Vivien sah sich etwas verunsichert nach Unterstützung um. Inzwischen hatten sich die anderen im Halbkreis um Vivien versammelt. Der Reitlehrer stand etwas abseits und wartete ab.

Als niemand sonst etwas erwiderte, setzte Vivien nach: „Also, bei uns hat sie sich nicht entschuldigt!“

„Ich wollte mich ja entschuldigen, aber ihr habt mir keine Chance gelassen. Hast du vielleicht vergessen, dass keiner mit mir redet und du mich außerdem ständig beschimpfst?“ Charly sah sie herausfordernd an.

„Und mich habt ihr auch links liegen lassen, nur weil ich mich mit Carmen vertragen habe“, ergänzte Rosa.

„Na, sagt mal!“ Lily war jetzt richtig empört. „Was soll denn das, ich dachte, wir wären schon eine prima Klassengemeinschaft? Wenn eine hätte sauer sein dürfen, dann ja wohl ich! Und ich bin sehr froh, dass Carmen bei uns auf Blossom Hill ist. Eben war noch einmal der Tierarzt da, um nach Starbuck zu sehen, und wisst ihr, was er erzählt hat?“ Sie sah herausfordernd in die Runde und die anderen schüttelten die Köpfe.

„Carmen hat gestern Nacht Starbuck das Leben gerettet! Sie hat seine schlimme Kolik bemerkt und hat ihn eine Stunde lang herumgeführt, bis der Tierarzt gekommen ist. Ohne Carmen wäre Starbuck wahrscheinlich gestorben."

Voller Erstaunen fingen die anderen an, leise miteinander zu tuscheln.

Jetzt mischte sich Herr von Mahlzahn in das Gespräch ein. „Das kann ich nur bestätigen. Carmen hat gestern sehr umsichtig gehandelt. Außerdem hat sie ihren Fehler eingesehen und das Geschehene bereut. Und egal, welchen Fehler jemand begangen hat, darf er oder sie dafür nicht beleidigt und beschimpft werden. Ich bin nicht taub."

Der Reitlehrer wandte sich jetzt direkt an Vivien, die mit hochrotem Gesicht auf dem Pferd saß. „Wenn ich noch einmal höre, dass du Carmen beleidigst, sind deine Tage auf Blossom Hill gezählt, das versichere ich dir. Wir erwarten hier Respekt und Toleranz. Das gilt auch für euch andere. Dass ihr euch gegen Carmen und Rosalie verbündet habt, ist nicht in Ordnung."

Verlegenheit machte sich breit und die meisten schauten betreten zu Boden. Als Erster fand Arthur seine Sprache wieder. „Sie haben recht, Herr von Mahlzahn. Carmen und Rosalie, es tut mir leid."

Die anderen Klassenkameraden murmelten zustimmend.

„Dann kann ich mich also jetzt endlich bei euch entschuldigen." Charly grinste etwas schief. „Es tut mir wirklich sehr leid, dass ich euch in Angst und Schrecken versetzt habe, und auch, dass ich immer so garstig war. Ich würde mich freuen, wenn wir vielleicht noch einmal von vorn anfangen könnten. Und ich dachte, vielleicht … ähm …" Sie stockte und suchte nach den richtigen Worten, Rosa sah sie aufmunternd an.

„Also, ich würde gerne ein spanisches Fest für euch veranstalten, als Abschluss vor den Herbstferien. Mit spanischem Essen und so. Was meint ihr?" Etwas unsicher sah Carmen sich um.

„Finde ich eine coole Idee!", sagte Matt. „Bin dabei."

„Oh, mit so richtig leckerem Essen!" Lilys Augen strahlten.

Auch die anderen nickten zustimmend.

Herrn von Mahlzahn gefiel die Idee ebenfalls und er sagte ihnen als Veranstaltungsort das *The Champion's Inn* zu.

Nur Vivien saß mit zusammengekniffenen Lippen schweigend auf ihrem Pferd.

Seit Tagen waren Rosa und Charly schon mit den Vorbereitungen für das spanische Fest beschäftigt. Charly hatte lange mit ihrer Haushälterin Maria telefoniert, Rezepte durchgesprochen und sich Tipps geben lassen. Für das Fest schickte Maria sogar ein großes Paket mit Zubehör und Zutaten, die es auf Blossom Hill nicht gab.

Rosa half ihrer aufgeregten Freundin beim Auspacken. Als Erstes kamen viele Rollen Krepppapier in den spanischen Farben Rot und Gelb zum Vorschein, außerdem kleine Holzspieße mit winzigen spanischen Papierflaggen daran. Damit wollten sie Käsewürfel und Fleischbällchen verzieren. Die Krönung waren ein großer Schinken aus Serrano und mehrere köstlich duftende Chorizowürste.

Gemeinsam mit Ellie hatten Rosa und Charly ein Gespräch mit Molly, der Küchenchefin, geführt. Die Mädchen mussten einiges an Überredungskünsten aufwenden, aber am Ende willigte sie ein: Sie durften in Mollys Küche kochen und vorbereiten, wenn sie den normalen Ablauf nicht störten. Die Küchenchefin würde ihnen sogar den Schinken mit der Schneidemaschine in hauchdünne Scheiben schneiden. Das war eine Höllenarbeit, dafür würde sie auch etwas davon für alle anderen Schüler abzweigen.

Die Dekoration für das Fest bereiteten sie an den Abenden vor. Rosa liebte Basteln und so saß sie mit Charly oft zusammen und sie falteten Girlanden und Rosetten aus dem Krepppapier. Lily half, so gut es mit dem gebrochenen Arm ging, mit. Sie hatten großen Spaß daran, meterlange Girlanden anzufertigen, und die bunten Rosetten gelangen von Mal zu Mal besser!

Ein bisschen Kopfzerbrechen bereitete ihnen aber noch das Essen selbst. Es musste alles gut mit den Fingern oder höchstens mit Gabel oder Löffel essbar sein. Was es zum Nachtisch geben sollte, war schnell klar: *Crema Catalana*, spanischen Pudding mit einer Zuckerkruste. Der Schinken und die Chorizos sollten auf großen Platten aufgetischt werden, verziert mit Tomaten.

„Wir wollen ja nicht ganz auf gesunde Sachen verzichten", hatte Charly augenzwinkernd gesagt.

Das spanische Olivenölbrot würden sie am Vortag backen und gleichzeitig die Kartoffeln für die Tortilla kochen.

„Tortilla ist ein spanisches Omelett aus Kartoffeln, Eiern und Zwiebeln", hatte Charly erläutert.

Dann durften natürlich die *Dátiles con bacon* nicht fehlen, in

Speck eingewickelte Datteln, die in der Pfanne geröstet wurden. Schon bei dem Gedanken lief Rosa das Wasser im Mund zusammen, wie lecker musste das schmecken! Allen hing das gesunde Essen mit den Dinkelnudeln so was von zum Hals raus! Maria hatte auch alles für *Queso con miel* mitgeschickt, also für den Käse, der gebraten und anschließend mit Palmhonig übergossen werden würde. Der Käse musste frisch zubereitet werden, genauso wie die Fleischbällchen, die Käsespieße und die Limetten-Knoblauch-Aioli, eine Art spanische Mayonnaise.

Es gab also jede Menge zu tun und vorzubereiten. Ellie hatte ihre Unterstützung zugesagt und das war ein großes Glück. In der Küche fühlte sie sich wie daheim und hatte viel mehr Erfahrung als die Jüngeren. Ohne ihre und Marys Hilfe hätten sie das alles gar nicht bewältigen können.

Rosa bemerkte, dass Charly immer nervöser wurde, je näher das Fest rückte. Eines Abends im Bett sprach sie die Freundin darauf an: „Sag mal, Charly, ist etwas nicht in Ordnung? Du kommst mir manchmal irgendwie so rastlos vor."

Charly stieß einen ihrer abgrundtiefen Seufzer aus, die Rosa schon kannte.

„Ja, das stimmt! Es gibt etwas, das ich dir noch gar nicht erzählt habe. Mein Vater kommt nach Blossom Hill und auch zum Fest."

„Aber das ist doch toll!", freute sich Rosa.

„Na ja, irgendwie schon, ich vermisse ihn sehr. Aber ich weiß nicht, was er vorhat. Will er mich vielleicht abholen und nach

Hause bringen? Weil ich mich so schlecht benommen habe? Oder nimmt er mir Ghazal weg? Schließlich hat er euch in Gefahr gebracht, auch wenn das allein meine Schuld war."

„Das kann ich mir wirklich nicht vorstellen, Charly! Bestimmt möchte er dich einfach nur wiedersehen." Rosa versuchte, ihre Freundin zu beruhigen.

„Vielleicht hast du ja recht, aber ich habe so ein komisches Gefühl im Bauch, ich kann es einfach nicht abschütteln."

Endlich war der große Tag da! Die beiden Freundinnen hatten am letzten Schultag nur noch verkürzten Unterricht, sodass sie Zeit zum Vorbereiten hatten. Sie werkelten emsig in der Küche und waren heilfroh, als später noch Ellie und Mary zum Helfen dazustießen.

Am späten Vormittag kam Charlys Vater an, ganz still und unauffällig.

Beim Mittagessen saß er bei Rosa und seiner Tochter am Tisch. Von überall wurde er mit neugierigen Blicken bedacht – so sah also Carmens reicher Vater aus. Auch Rosa musterte ihn verstohlen, irgendwie hatte sie sich den Mann eindrucksvoller vorgestellt. Aber er sah total normal aus. Er war mittelgroß, schlank, hatte graue Haare und war sehr akkurat gekleidet. Das bildete einen ziemlichen Kontrast zu Charlys Outfit. Auch sonst schienen sie sich nicht sehr ähnlich zu sein, er wirkte sehr ruhig und besonnen. Höflich und auch ein bisschen förmlich erkundigte er sich nach dem Wohlergehen der Mitschüler, die bei ihnen am Tisch saßen. Besonders lange unterhielt er sich mit Lily, deren Arm immer noch im Gips steckte. In den Ferien würde sie ihn endlich loswerden. Rosa fand Charlys Vater sehr nett, aber auch ein wenig steif.

Nach dem Essen hatte Carlos Rodrigues einen Termin bei der Direktorin und anschließend ein Gespräch mit Herrn von Mahlzahn. Immer wenn die Mädchen die nächsten Schüsseln und Platten ins *The Champion's Inn* brachten, sahen sie die beiden auf dem Gelände und in den Stallungen nebeneinander hergehen, ganz ins Gespräch vertieft.

„Was haben die denn bloß zu bereden?", fragte Charly nervös.

„Wer weiß, aber ich glaube, du musst dir keine Sorgen machen. Dein Vater hat doch einen ganz entspannten Eindruck gemacht", antwortete Rosa.

„Das hat nichts zu sagen, mein Vater bewahrt vor anderen Menschen immer Haltung, egal, was passiert. Ich hatte noch keine Gelegenheit, mit ihm allein zu reden, und ich frage mich, ob er mir verziehen hat." Charly klang verzagt und unsicher.

„Bestimmt könnt ihr euch nachher aussprechen, aber jetzt müssen wir hier dringend weitermachen."

Sie blickten sich im *The Champion's Inn* um, es sah toll aus. Gestern Abend hatten sie gemeinsam mit Ellie, Mary und Lily alles geschmückt und umgeräumt. Quer durch den Raum waren Girlanden gespannt, große Rosetten hingen an den Wänden und kleinere lagen auf zusammengestellten Tischen am Rand. Dort würden sie das Buffet aufbauen. In der Mitte hatten sie sogar eine kleine Tanzfläche vorbereitet. In den vergangenen Tagen hatte Charly eine Playlist mit spanischer Musik zusammengestellt, die sie später abspielen würde.

Eine Stunde, bevor es losging, war das Buffet fertig. In der Mitte der Tische standen die Platten und Schüsseln mit den Speisen, rechts davon die Getränke, unter anderem eine spanische Limonade, und links der Nachtisch, die *Crema Catalana*.

„Es sieht einfach großartig aus", sagte Ellie. Ihr Blick glitt über die Platten mit dem Schinken, die Holzkörbchen mit dem selbst gebackenen Weißbrot und die Schüsseln mit Tortilla und in Speck eingewickelten Datteln.

„Ja", stimmte Rosa ihr zu. „Ich finde, wir haben uns selbst übertroffen. Ich freue mich so auf das Fest! Von der ganzen Ackerei habe ich schon richtig Hunger bekommen."

Die anderen nickten lachend.

„So", sagte Charly, „jetzt muss ich mich aber dringend noch umziehen. Vielen Dank für eure Hilfe."

„Du willst dir doch zur Feier des Tages nicht tatsächlich etwas anderes als Jeans anziehen?", fragte Ellie erstaunt. Aber Charly lächelte nur geheimnisvoll und machte sich auf den Weg ins Schloss.

Rosa kam mit Charly pünktlich zu Beginn der Feier zurück ins Reitercasino. Sie konnte förmlich spüren, dass alle den Atem anhielten, und musste unwillkürlich grinsen. Charly hatte sich total in Schale geworfen! Sie hatte ein bodenlanges rotes Kleid an, das oben enger saß und in vielen weiten Stufen nach unten fiel. Das lange, wellige Haar trug sie offen und der dunkle Ton ihrer Haare passte ganz hervorragend zu dem samtigen Rot des Kleides. Sprachlos starrten sie alle an. Da sprang Arthur ein.

„Könntest du so etwas in der Art vielleicht auch einmal anziehen, wenn du neben mir im Unterricht sitzt?", fragte er grinsend und hielt ihr den Arm hin. Daraufhin brach allgemeines Gelächter los und das Eis war gebrochen.

Rosa hatte ihrer Freundin geraten, zur Begrüßung ein paar Worte zu sagen. Charly hatte diesen Vorschlag angenommen und hielt eine kurze, anrührende Rede. Sie bedankte sich als Erstes bei den Helferinnen, ohne die sie es nie geschafft hätte, das Fest vorzubereiten. Danach bedankte sie sich bei der Klasse, die vollzählig erschienen war und ihre Entschuldigung angenommen hatte. Sie fand genau die richtigen Worte und am Ende applaudierten alle.

Rosa schaute verstohlen zu Charlys Vater hinüber, der natürlich auch gekommen war. Er strahlte über das ganze Gesicht und sah seine Tochter voller Stolz an. Das beruhigte Rosa, Charly hatte sie mit ihren Sorgen richtig angesteckt. Jetzt, wo sie sich endlich gut mit ihrer Zimmernachbarin verstand, wollte sie keinesfalls mehr auf Charly verzichten. Rosa fand, dass sie beide sich gut ergänzten. Sie selbst war immer so ruhig und gewissenhaft. Da tat ihr Charlys Temperament und ihre Art, nicht immer unbedingt das zu tun, was man ihr sagte, wirklich richtig gut.

Ellies Stimme riss sie aus ihren Gedanken.

„So, Carmen, bevor du das Buffet eröffnest und alles geplündert wird, musst du noch kurz erklären, was wir gekocht haben."

Gemeinsam mit ihrem Vater stellte Charly die Gerichte der spanischen Küche vor. Die Gäste konnten es kaum erwarten, endlich anzufangen, alles sah so appetitlich aus!

Wie die Heuschrecken fielen sie schließlich über das Essen her und ließen es sich schmecken. Charlys Vater staunte nicht schlecht.

„Sag mal, Carmen, bekommt ihr nicht genug zu essen?", fragte er mit leichtem Entsetzen in der Stimme.

„Oh doch", erwiderte Ellie lachend, die seine Frage gehört hatte. „Das Essen ist nur meistens so gesund, dass der Geschmack auf der Strecke bleibt."

Das spanische Essen wurde bis auf den letzten Wurstzipfel vertilgt und die Köchinnen bekamen ein dickes Lob. Alle waren guter Laune und schon in Ferienstimmung, denn morgen würden sie nach Hause starten. Die Musik, die Charly ausgesucht hatte, gefiel allen und am Ende wurde sogar getanzt. Die ausgelassene, fröhliche Stimmung steckte sogar Vivien an, die ausnahmsweise nichts zu meckern fand.

Charly tanzte mit Arthur und versuchte, ihm einen spanischen Tanz beizubringen. Das war allerdings nicht sonderlich von Erfolg gekrönt. Die beiden mussten so häufig lachen, dass er die Schrittfolge immer wieder vergaß. Rosa freute sich für ihre Freundin, die sie noch nie so glücklich und ausgelassen gesehen hatte.

Als sich der Abend dem Ende zuneigte, nahm Carlos Rodrigues seine Tochter am Arm und steuerte mit ihr zur Tür. Charly sah sich Hilfe suchend nach Rosa um. Sie sagte kurz etwas zu ihrem Vater, dann winkte sie Rosa zu sich.

„Rosa, würdest du mich und meinen Vater bitte begleiten?"

Rosa guckte Carmens Vater unsicher an. Ihr war etwas mulmig zumute. Was er wohl zu sagen hatte? Und würde sie nicht stören? Aber sie wollte ihrer Freundin auch beistehen, also nickte sie.

Draußen vor der Reithalle zog Charlys Vater sein Jackett aus und legte es seiner fröstelnden Tochter um die Schultern. Inzwischen wurde es nachts schon ganz schön kalt.

„Es war ein sehr schönes Fest, Carmen, und eine gute Idee von dir, dich auf diese Weise bei deinen Mitschülern zu entschuldigen. Und ich freue mich, dass du und Rosa so gute Freundinnen geworden seid." Er sah seine Tochter aufmerksam an, und als sie nichts erwiderte, fuhr er fort.

„Du hast heute Abend wunderschön ausgesehen und wirst deiner Mutter immer ähnlicher." Kurz hielt er inne, dann räusperte er sich und sprach weiter.

„Ich habe mir in den letzten Wochen viele Gedanken gemacht und auch ein langes Gespräch mit deinem Reitlehrer geführt. Ich dachte, Blossom Hill sei eine gute Lösung für dich. Ein Ort, an dem du den ganzen Tag mit Gleichaltrigen zusammen sein kannst und mit deinen Pferden." Er stockte kurz, aber Charly schwieg. Sie hatte nach Rosas Hand gegriffen und drückte sie fest.

„Also“, nahm er den Faden wieder auf. „Ich habe eingesehen, dass ich einen Fehler gemacht habe. Ich hätte dich nicht gegen deinen Willen hierherschicken dürfen. Es tut mir leid, wirklich. Herr von Mahlzahn hat mir erzählt, wie unglücklich du gewesen bist. Aber ich werde meinen Fehler wiedergutmachen. Morgen kommt Pablo und wird die Pferde abholen. Wir fahren nach Hause. Ich weiß noch nicht, wie alles werden wird. Vielleicht muss ich vorerst meine Arbeit niederlegen, aber du bist mir wichtiger als alles andere auf der Welt. Das habe ich bisher wohl versäumt, dir zu sagen.“

Sprachlos blickte Charly ihren Vater an. Dann fiel sie ihm glücklich um den Hals und umarmte ihn fest. In Rosas Bauch machte sich ein warmes Gefühl breit, obwohl sie sich auch ein bisschen fehl am Platz fühlte.

„Ach, Papa“, sagte Charly schließlich. „Was ich zu dir gesagt habe, hat mir so leidgetan. Du weißt schon, dass ich dich hasse. Die ganze Zeit habe ich das mit mir rumgetragen. Ich hatte Angst, dass du mich vielleicht nicht mehr magst.“

„Ach, *niña*, ich weiß doch, dass du das nur in deinem Zorn gesagt hast. Es hat mich traurig gemacht, ja, aber ich habe dich immer lieb. Jetzt wird alles wieder gut, morgen fahren wir nach Hause und suchen nach einer anderen Lösung.“

Rosa musste schlucken. Charly warf ihr einen schnellen Blick zu.

„Weißt du, Papa, seit ich mit Rosa befreundet bin, ist alles anders geworden. Mir gefällt es jetzt auf Blossom Hill. Ich bin hier nicht so allein, wie es zu Hause oft der Fall ist. Auch Ghazal und Adora fühlen sich inzwischen wohl. Ghazal ist schon viel ruhiger geworden, weil Herr von Mahlzahn mir hilft, ihn auszubilden. Ich freue mich auf die Herbstferien, aber danach möchte ich gerne wieder hierher zurückkommen."

Sie grinste Rosa an, die ihr Lächeln erwiderte.

Überrascht musterte ihr Vater sie. Aber dann breitete sich ein Lächeln auf seinem Gesicht aus. „Natürlich kannst du wieder hierher zurückkommen, wenn du das möchtest. Wenn ich ehrlich sein soll, kann ich mir keinen besseren Ort als Blossom Hill für pferdebegeisterte junge Menschen vorstellen. Herr von Mahlzahn wird sich freuen, er hat nämlich schon große Pläne für dich geschmiedet. Er hat mir erzählt, dass du ein wahres Springtalent bist, weil du dich vor nichts fürchtest."

„Das stimmt allerdings", bestätigte Rosa.

„Dann ist es abgemacht, ich komme wieder zurück?", fragte Charly.

„Abgemacht, aber erst wirst du mit deinem alten Vater die Herbstferien verbringen."

Strahlend fiel Charly ihm das zweite Mal an diesem Abend um den Hals.

Spät am Abend gingen Rosa und Charly noch einmal in den Stall, um ihren Pferden Gute Nacht zu sagen.

„Ich freue mich so sehr, dass du bleibst, Charly, ich hätte dich furchtbar vermisst", sagte Rosa.

„Und ich dich erst! Ich kann es jetzt schon kaum erwarten, dich nach den Herbstferien wiederzusehen. Wir werden bestimmt eine schöne Zeit haben und ich habe auch schon Ideen für die Vorweihnachtszeit, wir sollten unbedingt spanische Kekse backen und unser Zimmer schön schmücken. Und vielleicht gibt es sogar eine Herbstjagd auf Blossom Hill!"

Rosa lachte. „Hört sich gut an, da wird uns wohl nicht langweilig werden."

Und in Gedanken fügte sie hinzu: *Und ich werde dafür sorgen, dass Valentine sich auftrensen lässt und endlich mein Pflegepferd wird.*

LESEPROBE

176 Seiten, ca. €/D 13,– Preisänderungen vorbehalten
ISBN 978-3-440-17058-8

Rosa und Charly sind glücklich, als sie sich nach den Herbstferien wiedersehen. Kaum wieder vereint, steht auch schon eine große Herausforderung an: die Weihnachtsquadrille – eine alte Tradition auf Blossom Hill! Die Vorbereitungen dafür starten gleich nach Ankunft der Schüler. Jetzt heißt es Teams bilden, Choreografien planen, Kostüme schneidern ... und sich vor Intrigen in Acht nehmen.

LIES DOCH MAL REIN!

kosmos.de

Wiedersehen in Blossom Hill

Ungeduldig zappelte Rosalie auf dem Beifahrersitz hin und her. Bald musste Blossom Hill in Sicht kommen! Sie konnte es kaum erwarten, Carmen wiederzusehen. Und ganz besonders freute sie sich natürlich auf Princess Valentine, ihr wunderschönes Lieblingspferd. Rosalie reckte ihren Hals ... und da endlich tauchte das Schloss hinter den Hügeln auf. „Mama“, rief Rosalie freudig, „ich kann Blossom Hill schon sehen!“

Rosalies Mutter, Julia Bennett, lächelte. „Und es sieht noch genauso prächtig aus wie im Sommer.“

Es war noch gar nicht lange her, dass sie zum ersten Mal diesen Weg gefahren waren. Damals hatte Rosalie, die von allen Rosa genannt wurde, ihr Stipendium an dem renommierten Reitinternat angetreten. Das war vor zweieinhalb Monaten gewesen, Rosa kam es aber deutlich länger vor. So viel war seitdem passiert! Carmen, genannt Charly, war nach einem schwierigen Start auf Blossom Hill am Ende doch noch ihre Freundin geworden. Und auch mit einigen anderen Internatsschülern war sie inzwischen gut befreundet.

Sie hatten die lange Pappelallee erreicht, die bis zum Eingangstor von Blossom Hill führte. Rosas Mutter steuerte den Wagen langsam die Allee hoch und suchte nach einer Parklücke. Es herrschte ein Gewusel aus Schülerinnen und Schülern mit ihren Eltern, die schwere Koffer und allerlei anderes Gepäck zur Eingangshalle schleppten. Patricia Robinson, die Hausmutter, stand an der Tür und begrüßte die Ankömmlinge freundlich lächelnd.

„Da ist Charlys Transporter!“ Rosa zog ihre Mutter am Arm und deutete auf einen eleganten, weißen Wagen. Und schon öffnete sich die Autotür und ein Mädchen in zerrissenen Jeans und T-Shirt sprang heraus.

„Charly!“, rief Rosa quer über den Vorplatz und winkte aufgeregt mit über dem Kopf erhobenen Armen.

Ein strahlendes Lächeln breitete sich auf dem hübschen Gesicht ihrer Freundin aus. „Rosa!“

Beide Mädchen rannten stürmisch aufeinander zu und umarmten sich freudig.

„Ich freue mich so, dich wiederzusehen!“, sagte Charly fröhlich. „Lass uns schnell die Taschen hoch in unser Zimmer bringen. Und dann muss ich Ghazal und Adora ausladen.“ Charly hatte zwei eigene Pferde, die sie mit nach Blossom Hill brachte.

Julia Bennett unterhielt sich gerade mit Patricia, als die Freundinnen dazukamen.

„Hallo, ihr beiden“, begrüßte die Hausmutter sie freundlich.

„Wie schön, dass du dich dieses Mal freust, nach Blossom Hill zu kommen, Carmen", wandte sie sich augenzwinkernd an das Mädchen mit dem olivfarbenen Teint.

Charly grinste nur. Rosa dachte mit Schaudern daran zurück, wie schlecht gelaunt Charly am Anfang gewesen war. Es hatte ihr auf Blossom Hill überhaupt nicht gefallen und sie hatte alles darangesetzt, möglichst unausstehlich zu sein. Zum Glück waren diese Zeiten vorbei.

Die imposante Eingangshalle des Schlosses mit der gläsernen Kuppel war noch genauso beeindruckend wie bei Rosas Ankunft im Sommer. Gemeinsam mit ihrer Mutter und Charly schleppte sie das Gepäck die gewundene Treppe bis in den zweiten Stock hoch. Rosa öffnete die Zimmertür und stellte den Koffer vor ihrem Schrank ab. Dann eilte sie sofort zum Fenster und stieß es weit auf. Von ihrem Zimmer aus konnte man die Stallungen mit den Paddocks sehen und die angeschlossenen Reithallen. Vielleicht erhaschte sie sogar schon einen Blick auf Princess Valentine? Sie streckte sich weit aus dem Fenster, konnte die Stute aber nicht entdecken.

„Rosa, ich muss los zu meinen Pferden. Sie können es bestimmt kaum erwarten, aus dem engen Transporter zu kommen. Wir sehen uns später", sagte Charly rasch. Sie verabschiedete sich von Rosas Mutter und stürmte hastig aus dem Zimmer.

„Hui", sagte Julia Bennett lachend, „deine Zimmernachbarin ist aber ein Wirbelwind."

„Allerdings", stimmte Rosa grinsend zu, „das ist bestimmt ihr spanisches Temperament."

Mutter und Tochter räumten gemeinsam den Inhalt des Koffers in Rosas Schrank. Julia Bennett achtete darauf, dass die Schuluniform ordentlich aufgehängt wurde, damit sie nicht knitterte. Rosa hingegen hatte es eilig, denn sie wollte endlich die Pferde begrüßen.

In der Eingangshalle verabschiedete sich Rosa liebevoll von ihrer Mutter. Erst zu Weihnachten würden sie sich wiedersehen. Trotzdem fiel ihr der Abschied viel leichter als beim letzten Mal, so wohl fühlte sie sich inzwischen auf Blossom Hill.

Auf dem Weg nach draußen zu den Ställen lief sie Ellie in die Arme. Eine Schülerin aus *Year ten*, die mit allen gut befreundet und außerdem Mitglied im Pferderat war. Ellie hatte sich ein bisschen um Rosa gekümmert, als diese noch neu im Internat gewesen war.

„Hey, Rosa, schön dich zu sehen!", rief Ellie erfreut und drückte Rosa kurz an sich.

„Hallo, Ellie, ich will zu den Pferden, kommst du mit?", fragte Rosa.

„Nein, ich warte auf Mary, sie ist noch nicht da. Wir kommen dann später nach", antwortete Ellie. Mary war Ellies beste Freundin.

Also machte sich Rosa allein auf den Weg. Sie lief den überdachten Säulengang entlang, der direkt bis zu den Ställen führte. Ihr Herz pochte vor Aufregung. Ob Valentine sie wiedererkennen würde? Rosa wünschte sich sehnlichst, dass die elegante, braune Stute endlich ihr Pflegepferd wurde. Leider war Valentine sehr kopfscheu. Rosa durfte sie zwar am Kopf streicheln, aber ans Auftrensen war noch immer nicht zu denken. Ihr Reitlehrer, Herr von Mahlzahn, hatte das jedoch zur Bedingung dafür gemacht, dass Valentine ihr Pflegepferd werden konnte. Trotzdem war Rosa sich sicher, dass Valentine sie mochte. Immerhin war sie eine der Wenigen, die die Stute überhaupt am Kopf anfassen durften. Als Rosa sich Valentines Box näherte, wurde sie langsamer. Valentine und der Falbe Cookie teilten sich den kleinen Paddock vor den Boxen. Von Valentine war nichts zu sehen, Cookie kabbelte sich gerade mit dem Nachbarpferd. Nervös blieb Rosa an der Umzäunung stehen. Was, wenn Valentine sich nicht mehr an sie erinnerte? Zaghaft rief Rosa ihren Namen – nichts passierte. Rosa rief noch einmal, diesmal etwas lauter. „Valentine, hallo, meine Schöne!"

Aus der Box war Geraschel zu hören und dann erschien der edel geformte Kopf mit dem gewellten, schwarzen Schopf in der Tür. Rosa hielt den Atem an, wie schön diese Stute doch war! „Valentine, ich hab dir etwas mitgebracht", sagte Rosa lockend und endlich kam die Stute zu ihr gelaufen. Rosa streichelte ihren Hals. Valentine stupste sie sanft an und pustete ihr dann ins Gesicht. *Sie hat mich wiedererkannt*, dachte Rosa glücklich und ihr Herz machte einen kleinen Hüpfer. Rosa gab der Stute den mitgebrachten Apfel und kraulte ganz vorsichtig das Fell hinter den Ohren. Valentine ließ sie gewähren. Rosa freute sich jetzt schon auf ihre erste Dressurstunde mit Valentine. Nachdem sie ihren Liebling ausgiebig begrüßt hatte, machte sie sich auf den Weg in den Stall, um Charly zu suchen.

Charly hatte ihre Pferde bereits vom Hänger geholt und war dabei, die Transportgamaschen zu lösen.

„Kann ich dir helfen?“, fragte Rosa.

„Ja, gerne. Könntest du bitte Adora die Gamaschen abnehmen? Dann kann ich Ghazal schon in seine Box bringen.“

Rosa beugte sich hinunter und löste die Klettverschlüsse der Gamaschen. Adora war Charlys talentiertes Springpferd, das Rosa sogar schon einmal reiten durfte.

Jonny, der Stallpfleger, kam vorbei und begrüßte die beiden Mädchen freundlich. Dann wandte er sich an Charly. „Wie geht's Ghazal, ist er schon ein bisschen ruhiger geworden?“

Charly seufzte. „Nee, nicht wirklich! Ich hab das Gefühl, dass er außer am Rennen an nichts weiter interessiert ist.“

„Ach, das wird schon noch“, munterte Jonny sie auf. „Noch ein paar Monate Unterricht bei Herrn von Mahlzahn und er geht so brav wie ein Lamm.“

„Na, ich weiß nicht“, sagte Charly zweifelnd. Der weiße Araber hatte ihr mittlerweile vertrauensvoll den Kopf auf die Schulter gelegt. Wenn er nicht gerade geritten wurde, war er sehr verträglich.

Am Abend aßen Schüler und Lehrkräfte gemeinsam im Speisesaal von Blossom Hill. Es war ein großer Raum mit stuckverzierter Decke. *Ich kann mir gut vorstellen, wie hier früher große Feste gefeiert wurden*, dachte Rosa. Sie saß mit einigen ihrer Klassenkameraden aus *Year seven*, Charly, Lily, Arthur und den Zwillingsbrüdern Matthew und Finley, an einem Tisch.

Lily streckte stolz ihren weißen, ziemlich dünnen Arm hoch. „Schaut mal, endlich bin ich den Gips los!"

„Sieht gut aus", sagte Arthur, „fast wie neu." Er grinste Lily augenzwinkernd an. Arthur war ein echter *Earl*. Er war immer freundlich, gut gelaunt und höflich. Rosa mochte ihn sehr.

Charlys Lippen wurden ganz schmal und sie schaute betreten auf ihren Teller. Es war ihre Schuld gewesen, dass Lily sich den Arm gebrochen hatte. Ghazal war im Gelände durchgegangen und hatte die Kutsche mit ihren Mitschülern im Jagdgalopp überholt. Daraufhin waren die vier Kutschpferde panisch losgestürmt. Lily war von ihrem Sitz geschleudert worden und hatte sich den Arm gebrochen.

Lily bemerkte Charlys Verlegenheit und stieß ihr freundschaftlich den Ellenbogen in die Seite. „Hey, Charly, das hatten wir doch geklärt!"

Charly sah hoch und seufzte leise. „Mir tut die ganze Sache immer noch furchtbar leid. Dein Arm sieht irgendwie ziemlich schmal aus, oder?"

„Ach was, der wird wieder." Lily machte eine wegwerfende Handbewegung. „Der Arzt hat gesagt, dass die Muskeln neu aufgebaut werden müssen. Ich muss zweimal in der Woche Physiotherapie machen und beim Reiten soll ich mich etwas vorsehen. Aber mit Starbuck ist das ja kein Problem."

Rosa war froh, dass Charly sich inzwischen gut mit ihren Mitschülern verstand. Alle erzählten ausgiebig von ihren Ferienerlebnissen und Charly beteiligte sich so rege am Gespräch, als wäre es nie anders gewesen.

Heute gab es Braten mit Minzsoße, nicht unbedingt Rosas Lieblingsessen. Die Zwillinge aßen jedoch riesige Mengen und verbreiteten gute Laune.

Nach dem Essen erhob sich *Headmistress* Philomena Thompson. Die Gespräche ringsherum verstummten und die Schüler warteten gespannt, was die Direktorin zu sagen hatte.

„Ich begrüße alle herzlich zurück auf Blossom Hill. Die Herbstferien sind zu Ende und wir haben noch ein paar Wochen bis zum Ende des *Ersten Terms*. Wie es bei uns Tradition ist, beenden wir den *Ersten Term* des Schuljahres kurz vor Weihnachten mit einer großen *Quadrille-Challenge*. Ich bin gespannt, welches Team in diesem Jahr den Pokal für seinen Jahrgang erringen wird."

Aufgeregtes Gemurmel machte sich im Saal breit. Die Direktorin hob gebieterisch eine Hand und langsam wurde es wieder ruhig.

„Die Älteren kennen den Ablauf ja schon. In Teams wird eine Quadrille erarbeitet. Mit allem Drum und Dran, also Musik, Kostümen und einer Zusammenstellung der Reitfiguren. Ein Team kann aus mindestens zwei bis zu maximal acht Personen bestehen, das ist eure Entscheidung. Das Thema der Quadrille muss in Zusammenhang mit Weihnachten stehen. Das ist eure Projektarbeit im Fach Dressurreiten. Herr von Mahlzahn wird wie in jedem Jahr die Koordination übernehmen. In ein paar Wochen erfolgt der Vorentscheid. Jeder Jahrgang entscheidet demokratisch, welches seiner Teams für die Endausscheidung nominiert wird. Herr von Mahlzahn und ein Mitglied des Pferderats haben ebenso eine Stimme. Die ausgewählten Teams dürfen dann auf unserer großen Weihnachtsfeier ihre Quadrillen vorführen. Die Bewertung wird eine externe Jury vornehmen. In diesem Jahr haben wir uns außerdem noch etwas Besonderes ausgedacht. Neben dem ersten Platz der Jury wird auch noch ein Publikumsliebling gewählt, es gibt also diesmal eine doppelte Chance zu gewinnen. Ich freue mich auf einen spannenden Wettkampf mit vielen ausgezeichneten Quadrillen!“

Mit einem vornehmen Lächeln setzte sich *Headmistress* Thompson wieder auf ihren Platz. Nun stand Herr von Mahlzahn auf. Rosa sah aus dem Augenwinkel, dass Charly anfing zu strahlen. Herr von Mahlzahn war ein toller Reitlehrer, der immer das Wohl der Pferde im Blick hatte. Er war der Einzige gewesen, dem Charly anfangs vertraut hatte.

Der Reitlehrer räusperte sich. „Hallo zusammen! Ihr solltet umgehend mit der Planung dieses großen Projekts beginnen. Fangt damit an, Teammitglieder zu suchen, die zu euch passen. Dann überlegt euch, welche Figuren in welcher Abfolge geritten werden sollen und wie schwierig oder leicht das Ganze sein soll. Darüber werden wir auch noch in der ersten Dressurstunde sprechen. Wenn ihr eine grobe Vorstellung von der Quadrille habt, werde ich die Pferde dafür einteilen. Es kann sein, dass ihr nicht eure Stammpferde reiten könnt, denn die Pferde sollten ein bisschen zusammenpassen. Die Privatreiter werden natürlich ihre eigenen Pferde nehmen. In einer Woche solltet ihr mit dem Proben beginnen. Dafür wird es feste Zeiten in eurem

Stundenplan geben. So viel für heute, in den Reitstunden werden wir noch detaillierter darüber reden." Herr von Mahlzahn nickte den Schülerinnen und Schülern freundlich zu und setzte sich.

Sofort begannen an den Tischen aufgeregte Gespräche und fast alle drehten sich um die bevorstehende *Challenge*.

„Das ist ziemlich cool, oder?", fragte Matt begeistert in die Runde. Sein Bruder Fin nickte zustimmend. „Das macht bestimmt Spaß, endlich mal nicht nur normaler Unterricht."

Auch Rosa freute sich darauf, eine Quadrille einzuüben. Das hatte sie noch nie gemacht und schon immer ausprobieren wollen. Auf Blossom Hill zu sein, war einfach toll!

GUTE FREUNDINNEN

Abends lagen Rosa und Charly in ihren gemütlichen Betten und unterhielten sich das erste Mal an diesem Tag endlich ganz in Ruhe.

„Wie war es denn in den Ferien mit deinem Vater?“, fragte Rosa.

„Ach, es war schön, wieder zu Hause zu sein. Vor allem schmeckt das Essen von Maria deutlich besser als das Zeug hier.“ Charly lachte. „An englische Gerichte werde ich mich wohl nie gewöhnen.“ Charlys Familie kam ursprünglich aus Spanien. Mit ihrem Vater und der Haushälterin Maria lebte Charly aber schon ewig in England. Ihre Mutter war bereits vor langer Zeit gestorben.

Charlys Miene verdüsterte sich etwas. „Leider musste mein Vater zwei Tage früher als geplant wieder zu seiner Arbeitsstelle nach Südamerika zurückkehren, das war wirklich blöd. Aber bis dahin hatten wir eine ziemlich gute Zeit zusammen. Sogar beim Reiten hat mein Vater mir ab und an zugesehen. Und wie war's bei dir so?"

„Bei mir war es auch echt schön! Meine kleine Schwester Annabelle war genauso süß und nervig wie immer. Mama hatte die ganze Zeit Urlaub und wir konnten viel unternehmen. Aber ich habe Valentine vermisst und dich auch." Rosa lächelte Charly schüchtern an.

Charly strahlte. „Du hast mir auch gefehlt, Rosa. Ehrlich! Es ist bei uns immer ziemlich ruhig. Geschwister habe ich ja leider keine. Ich bin richtig froh, jetzt wieder mit dir in einem Zimmer zu sein!" Genüsslich biss sie in einen Keks. Da Charly nicht viel vom Braten gegessen hatte, machte sie sich jetzt über ihre mitgebrachten Süßigkeiten her.

Rosa freute sich über Charlys Worte. Ihre Freundschaft fühlte sich schließlich noch ganz neu an. „Was sagst du zu der *Quadrille-Challenge*, Charly?"

„Hm", murmelte Charly mit vollem Mund, dann schluckte sie. „Ich weiß noch nicht so genau, was ich davon halten soll. Mit vielen anderen in einem Team zu reiten, kann auch ganz schön nervig und schwierig sein!" Sie grinste schief. „Aber es ist schon eine coole Herausforderung. Eigentlich mag ich so was. Aber ehrlich gesagt, am allerliebsten würde ich nur mit dir allein etwas einstudieren." Charly sah Rosa mit ihren großen, braunen Augen fragend an.

Rosa wurde ganz warm ums Herz. Sie hatte sich insgeheim ebenso gewünscht, nur mit Charly zusammen zu reiten. „Wir könnten uns ja ein *Pas de Deux* ausdenken", erwiderte sie erfreut.

„Oh ja", rief Charly begeistert, „das machen wir! Wir brauchen nur noch ein Motto. Hm ... was hältst du von Maria und Josef?"

Nachdenklich wiegte Rosa ihren Kopf hin und her. „Ich weiß nicht so genau, muss ich mir noch überlegen. Ich mache mir eher über die Pferde Gedanken! Ich würde so gerne Valentine reiten. Aber Herr von Mahlzahn hat gesagt, dass wir nicht unbedingt unsere Stammpferde bekommen."

Charly wischte ein paar Kekskrümel von ihrem Bett. „Da habe ich noch gar nicht dran gedacht. Also, mit Ghazal kann ich eine Quadrille voll vergessen, so eigensinnig wie der ist. Da bleibt nur Adora, die eigentlich ein Springpferd ist. Aber Adora bekommt die Figuren bei einer Quadrille bestimmt irgendwie hin, da bin ich mir sicher. Und sie macht wenigstens, was man ihr sagt." Gedankenverloren rieb sich Charly die Stirn.

„Ich finde, dass Adora und Valentine gut zueinander passen. Beide sind etwa gleich groß und haben ein dunkles Fell, auch wenn Adora natürlich ein Rappe und Valentine dunkelbraun ist. Aber Valentine lässt sich bestimmt nicht leicht in einer Quadrille reiten. Sie ist ja immer etwas schwierig." Rosa seufzte.

„Na, deshalb heißt es ja auch *Challenge*." Charly zwinkerte Rosa aufmunternd zu. „Die beiden würden echt ein schönes Paar abgeben. Und es wird sowieso jetzt langsam Zeit, dass Valentine dein Pflegepferd wird. Gleich morgen werden wir mit dem Üben anfangen, was meinst du?"

Rosa sah dankbar zu Charly hinüber. „Ich freue mich schon auf morgen. Dann können wir außerdem mit dem Plan für das

Pas de Deux beginnen. Aber jetzt muss ich dringend schlafen, ich bin total müde."

Am nächsten Morgen wachte Rosa von einem lauten Klappern auf. Verwundert überlegte sie, wo dieses Geräusch herkam, bis ihr klar wurde, dass der Wind an den Fensterläden rüttelte. Der Sommer war nun vorbei und es war richtig herbstlich geworden. Die Laubbäume färbten sich gelb und rot, bald würden sie die Blätter verlieren. Hier im Bett war es glücklicherweise mollig warm und gemütlich.

Ein Wirbelwind kam fertig angezogen aus dem Badezimmer gefegt: Charly. „Na, du Schlafmütze", sagte Charly neckend. „Jetzt aber flott, wir haben heute noch Einiges vor!"

Im Nu war Rosa hellwach und sprang aus dem Bett.

Nach einem ausgiebigen Frühstück machten sich die Freundinnen in Reitsachen auf den Weg zum Stall. Dort war bereits ein ziemlicher Betrieb. Viele Pferde standen angebunden in der Stallgasse und wurden von ihren Besitzern oder den zugeteilten Pflegern geputzt. Freddy, der freche Esel und zugleich das Maskottchen von Blossom Hill, wuselte um alle herum und schnorrte Leckerli. Als Charly ihn erblickte, lachte sie erfreut und rief laut seinen Namen. Rosa grinste, Charly und Freddy mochten sich sehr. Sofort schnellte Freddys Kopf in die Höhe, er stieß ein lautes „Iah" aus und trottete auf Charly zu. Charly umarmte den Esel und gab ihm ein paar Möhrenstücke zu fressen. Rosa streichelte Freddy hinter den langen, plüschigen Ohren. Dann machte sie sich auf den Weg zu Valentines Box. Ellie war ebenfalls schon im Stall und putzte ihr Pflegepferd Dancer, den Rosa im Springunterricht ritt. Rosa begrüßte Ellie und Jonny, die in ein Gespräch vertieft waren. Die beiden lachten und scherzten miteinander und Ellies Augen leuchteten glücklich, als sie Rosa ein schnelles „Hallo" zuwarf.

Rosa ging schmunzelnd an den beiden vorbei.

„Hi, Rosa", ertönte da eine Stimme von der Seite.

Rosa drehte sich um und erblickte Lily, die neben Starbuck stand. Er war eines der wenigen Ponys auf Blossom Hill. Da Lily eher klein war, hatte Herr von Mahlzahn ihr Starbuck zugeteilt – trotz seiner Größe ein hervorragendes Turnierpony.

„Guten Morgen, Lily", antwortete Rosa erfreut. Bevor Rosa sich mit Charly angefreundet hatte, war Lily ihre beste Freundin gewesen. „Wie geht's dir? Bestimmt freust du dich schon darauf, Starbuck endlich wieder reiten zu können, oder?"

Lily klopfte liebevoll den Hals des Ponys. „Ich freue mich riesig aufs Reiten. Aber mit meinem Arm muss ich noch vorsichtig sein." Sie hielt ihren Arm hoch und drehte ihn ein bisschen hin und her. „Morgen habe ich die erste Dressurstunde. Hoffentlich ist Starbuck nicht zu wild, er wurde während der Ferien nicht viel geritten. Was hast du jetzt vor? Wollen wir mit Starbuck ein bisschen spazieren gehen?"

„Ich wollte kurz zu Valentine und dann Charly bei ihren Pferden helfen", antwortete Rosa mit einem leichten Anflug von schlechtem Gewissen.

Lily zuckte mit den Schultern. „Na dann, bis später."